은하철도의 밤

미야자와 겐지

소와다리

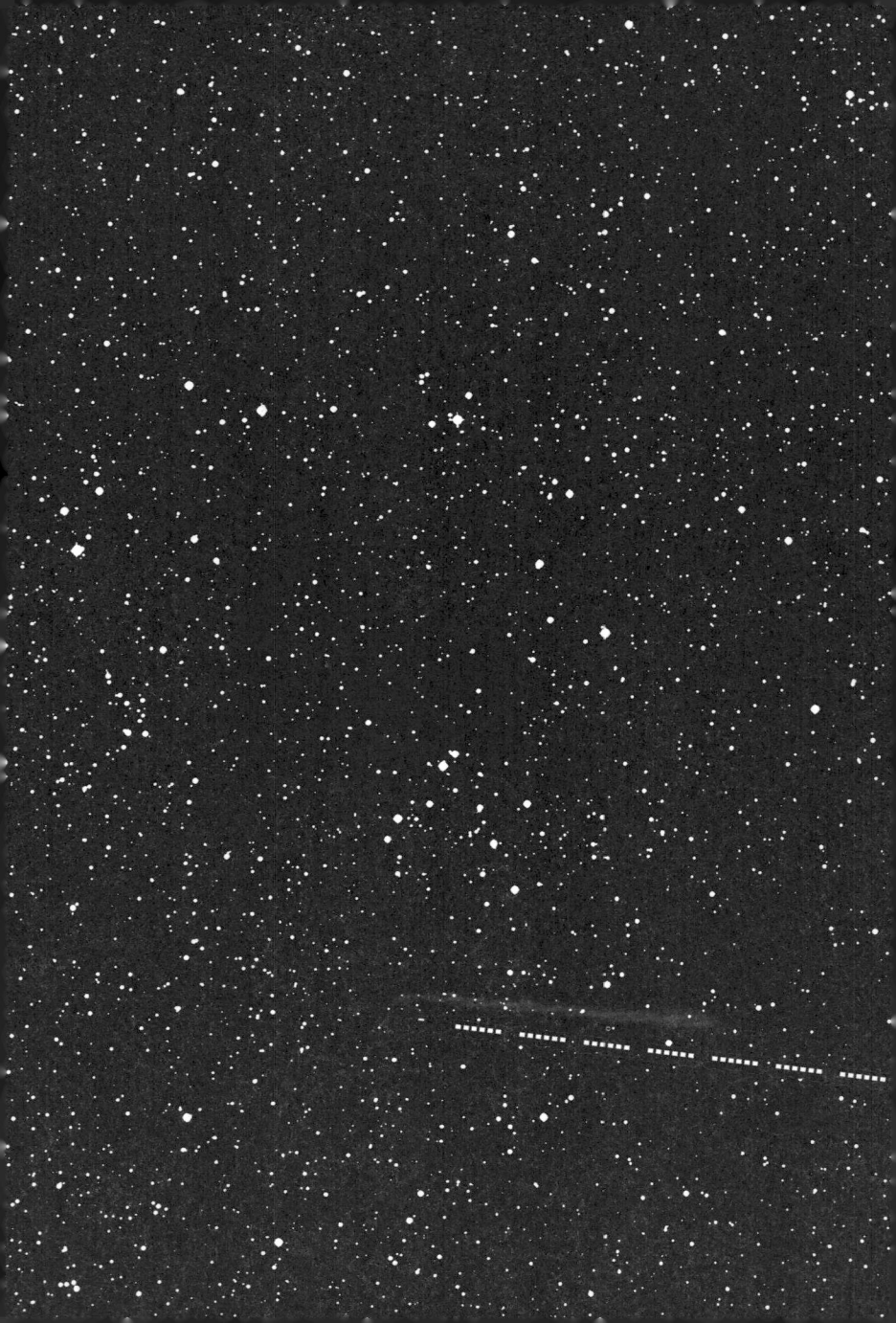

銀河鉄道の夜

宮澤賢治

牛橋書房

목차

一. 은하철도의 밤
二. 고양이 사무소
三. 바람의 마타사부로
四. 주문이 많은 요리점

宮澤賢治

1896. 8. 27 ~ 1933. 9. 21

일러두기

이 작품은 1922년에서 1924년 사이에 집필된 것으로 여겨진다. 가난 때문에 따돌림받는 소년 조반니가 은하철도를 타고 별자리를 정거장 삼아 여행하며 행복에 대해 알아 가는 이야기 형식인데, 별자리는 농업과도 관련이 깊으며 훗날 〈은하철도 999〉에 차용되어 널리 알려지게 되었다. 최초 미완성 원고 발견 후에도 수정 원고가 다시 발견되어 몇 차례 수정 과정을 거쳐 완결된 이야기 형태를 갖추었으며, 자필 원고 중 공백으로 남아 있거나 판독이 불가능한 부분은 〔〕로 처리하였다.

은하철도의 밤

1. 오후 수업

『그러면 여러분, 이렇게 강이라고도 하고, 또 젖이 흐른 자국이라고도 하는 이 희끄무레한 것이 실제로는 무엇인지 알고 있나요?』 선생님은 칠판에 매달린 커다랗고 새까만 별자리 그림 위쪽에서 아래쪽으로 이어지는 희뿌연 띠 같은 것을 가리키며 학생들에게 질문을 던졌습니다.

캄파넬라가 손을 들었습니다. 그리고 또 네다섯 명이 손을 들었습니다. 조반니도 얼른 손을 들려고 했지만, 그대로 멈추고 말았습니다. 분명 그게 전부 별이라고 언젠가 잡지에서 읽은 적이 있지만, 요즘 조반니는 매일 교실에서 졸기만 하고 책을 읽을 시간도, 또 읽을 책도 없어서 왠지 뭐가 뭔지 잘 모르겠다는 생각이 들었기 때문입니다.

하지만 선생님은 이미 그걸 눈치 챘습니다.

『조반니, 넌 알고 있을 거야.』

조반니는 기운차게 자리에서 일어섰지만, 일어서고 보니 확실하게 대답을 할 수가 없었습니다. 앞자리에 앉은 자넬리가 조반니를 돌아보며 쿡쿡 웃었습니다. 조반니는 어쩔 줄을 몰라 얼굴이 새빨개졌습니다. 선생님이 다시 말했습니다.

『커다란 망원경으로 저 하늘의 강, 다시 말해 은하수를 자세히 들여다보면, 대체 뭘까요?』

역시 별이라고 조반니는 생각했지만 이번에도 냉큼 대답할 수가 없었습니다. 선생님은 잠깐 난처한 기색이었지만 눈을 캄파넬라 쪽으로 향하며, 『그럼 캄파넬라.』 하고 이름을 불렀습니다.

그러자 그렇게 씩씩하게 손을 들었던 캄파넬라도, 역시나 쭈뼛쭈뼛 일어선 채로 결국 대답을 하지 못했습니다.

선생님은 뜻밖이라는 듯 잠시 캄파넬라를 바라보았지만, 서둘러 『그럼, 좋아。』

하고 말하면서 별자리 그림을 가리켰습니다.

『이 희끄무레한 하늘의 강을 커다랗고 성능이 좋은 망원경으로 보면, 작은 별이 대단히 많이 보입니다. 조반니, 그렇지?』

조반니는 얼굴이 새빨개져서 고개를 끄덕였습니다. 그러나 어느새 조반니의 눈에는 눈물이 가득 고였습니다. 조반니는 생각했습니다.

「그래, 나는 알고 있었어。 물론 캄파넬라도 그럴 거야。 언젠가 캄파넬라네 집에서 함께 읽었던 잡지에 나와 있었으니까。」

더구나 캄파넬라는 그 잡지를 읽고 곧바로 아빠 서재에서 커다란 책을 가져와 은하수 부분을 펼쳤고, 새까만 페이지 한가득 새하얀 점들이 찍혀 있는 아름다운 사진을 둘이서 끝없이 바라보았던 것입니다.

"그걸 캄파넬라가 잊을 리가 없어. 그런데도 대답을 하지 않았어. 요즘 내가 아침저녁으로 일에 지쳐 학교에 나와도 아이들과 신나게 놀지도 않고 캄파넬라와도 그다지 이야기를 하지 않으니까 캄파넬라가 그걸 미안하게 생각해서 일부러 대답을 하지 않은 거야." 그렇게 생각하니 조반니 자신도, 그리고 캄파넬라도 가엾다는 생각이 들어 참을 수가 없었습니다.

선생님은 또 말했습니다.

『그러므로 만약 이 하늘의 강을 말 그대로 강이라고 생각한다면, 작은 별 하나는 강의 모래알이나 자갈에 해당합니다. 또 이것을 젖이 흐른 거대한 자국이라고 생각한다면, 더욱 하늘의 강과 비슷하지요. 즉, 별들은 모두 젖 속에 떠다니는 미세한 지방 알갱이에 해당하는 것입니다. 그렇다면 강물에 해당하는 것이 무엇이냐 하면, 그것은 「진공」이라고 하는, 빛을 어떠한 속도로 전달하는 물질로 태양이나 지구 역시 그 진공 속에 떠 있는 셈입니다. 다시 말해 우리들은 하늘의 강물

속에서 살고 있다는 뜻입니다. 그리고 그 하늘의 강물 속에서 사방을 보면 마치 물이 깊을수록 파랗게 보이듯이, 하늘의 강도 깊을수록 별이 많이 겹쳐 보이고, 따라서 하얗고 부옇게 보이는 것입니다. 이 모형을 보세요.』

선생님은 반짝반짝 빛나는 알갱이가 잔뜩 들어 있는 커다란 양면 볼록렌즈를 가리켰습니다.

『은하는 꼭 이런 모양입니다. 여기 빛나는 알갱이 하나하나가 모두 우리 태양과 마찬가지로 스스로 빛을 내는 별이라고 합니다. 태양이 렌즈 거의 한가운데 있고 지구가 바로 그 옆에 있다고 하겠습니다. 여러분이 밤에 이 렌즈 속 한가운데서서 사방을 둘러본다고 해봅시다. 위쪽과 아래쪽은 유리가 얇으니까 빛나는 알갱이, 다시 말해 별이 조금밖에 보이지 않겠지요? 하지만 이쪽이나 이쪽은 유리가 두꺼워서 빛나는 알갱이, 즉 별이 많이 겹쳐 보이기 때문에 저 멀리는 희뿌옇게 보인다, 이것이 바로 오늘날 우리가 보는 은하수에 대한 설명입니다. 그렇다면 이런

즈, 그러니까 은하의 크기가 어느 정도인지, 또 그 안에 있는 여러 가지 별에 대해서는 이제 시간이 다 되었으니까 다음 과학 시간에 말씀 드리도록 하겠습니다. 그리고 오늘은 은하수 축제니까, 밖에 나가서 하늘을 잘 보세요. 그럼 여기까지 하겠습니다. 책과 공책을 넣으세요."

교실 안은 잠시 책상 뚜껑을 열었다 닫았다, 책을 정리하는 소리로 가득했지만 이윽고 학생들은 모두 단정하게 일어서서 인사를 하고 교실을 나갔습니다.

二. 인쇄소

조반니가 학교 문을 나올 때 같은 반 친구 예닐곱 명이 집으로 돌아가지 않고 운동장 한구석 벗나무가 있는 곳에서 캄파넬라를 가운데 두고 모여 있었습니다. 오늘 밤 은하수 축제 때 하늘타리 열매를 따다가 푸른 등불을 달아 강물에 띄우자는 이야기를 하는 것 같았습니다. 하지만 조반니는 팔을 크게 흔들며 성큼성큼 학교 문을 나왔습니다.

마을 집집마다 오는 밤 은하수 축제를 위해 주목나무 잎으로 다발을 만들거나, 편백나무 가지에 등을 매달거나 하는 등 여러 가지 준비를 하고 있었습니다.

조반니는 집으로 가지 않고 길모퉁이를 세 번 돌아 어떤 커다란 인쇄소로 들어갔습니다. 입구 계산대에 있는 헐렁헐렁한 흰 셔츠를 입은 사람에게 인사를 한 조반니는 신발을 벗고 올라가 막다른 곳에 있는 커다란 문을 열었습니다. 안에는 아직 대낮인데도 전등이 켜져 있었는데, 많은 인쇄기가 덜컹덜컹 돌고 헝겊으로 머리를 동여매거나 전등갓 같은 걸 쓴 사람들 여럿이 무언가 노래를 부르듯 읽거나 헤아리면서 일을 하고 있었습니다.

조반니는 입구에서 세 번째 있는 높은 탁자에 앉은 사람에게 곧장 가서 인사를

했습니다. 그 사람은 잠깐 선반을 찾아본 후,

『이만큼 찾을 수 있을까?』 하고 말하면서 종이쪽지 한 장을 건넸습니다. 조반니는 그 사람 탁자 밑에서 작고 납작한 상자 하나를 꺼내 저쪽에 전등이 잔뜩 비스듬한 벽 구석진 곳에 쪼그리고 앉아 작은 핀셋으로 좁쌀만 한 활자를 차례차례 골라내기 시작했습니다. 파란 앞치마를 두른 사람이 조반니 뒤로 지나가면서,

『어이, 쫄병 왔구나.』 하고 말하자, 근처에 있던 너덧 사람이 그쪽을 돌아보도 않은 채 소리도 내지 않고 차가운 웃음을 지었습니다.

조반니는 몇 번이나 눈을 비비며 이것저것 활자를 골라냈습니다.

시계가 여섯 시를 울리고 조금 지났을 무렵, 조반니는 골라낸 활자를 하나 가득 담은 납작한 상자와 손에 쥔 종이쪽지를 다시 한 번 맞춰 보고 나서, 아까 그 탁자에 있던 사람에게 가지고 왔습니다. 그 사람은 말없이 그것을 받아 들고 살짝 고개를 끄덕였습니다.

인사를 한 조반니는 문을 열고 먼젓번 계산대가 있는 곳으로 갔습니다. 그러자 아까 흰 옷을 입은 사람이 역시나 말없이 작은 은화 한 닢을 조반니에게 건네주었습니다. 조반니는 활짝 웃으며 씩씩하게 인사를 하고 계산대 아래 둔 신발을 가지고 밖으로 뛰어나갔습니다. 그리고 기운차게 휘파람을 불면서 빵집에 들러 빵 한 덩어리와 각설탕 한 봉지를 사서 쏜살같이 뛰기 시작했습니다.

三. 집

조반니가 신 나게 달려간 곳은 어느 뒷골목에 있는 작은 집이었습니다. 문 세 개가 나란히 늘어선 집 제일 왼쪽에는 빈 상자에 보라색 케일이며 아스파라거스가 심겨 있었고, 작은 창 두 개에는 커튼이 드리워져 있었습니다.

『엄마. 다녀왔어요. 아픈 덴 없었어요?』

조반니는 신발을 벗으며 말했습니다.

『아, 조반니 왔구나. 일하느라 힘들었지? 오늘은 시원해서 엄마는 내내 기분이 좋았단다.』

조반니의 엄마는 입구 바로 옆방에 하얀 이불을 덮고 누워 있었습니다. 조반니는 현관을 올라가서 창문을 열었습니다.

『엄마, 오늘은 각설탕을 사 왔어요. 우유에 넣어 드릴게요.』

『그래, 너 먼저 먹으렴. 난 아직 생각이 없구나.』

『엄마. 누나는 언제 갔어요?』

『세 시쯤 돌아갔단다. 이것저것 해 놓고 갔어.』

『엄마 드실 우유는 안 온 거예요?』

『안 왔나 보구나.』

『제가 가서 가져올게요.』

『나는 나중에 먹어도 괜찮으니까 너 먼저 먹으렴. 누나가 토마토 뭘 만들어서 저기에 놓고 갔어.』

『그럼 먼저 먹을게요.』

창문 옆에서 조반니는 토마토가 든 접시를 들고 빵과 함께 우적우적 먹었습니다.

『저기, 엄마. 아빠가 곧 돌아올 것 같아요.』

『엄마도 그렇게 생각해. 그런데 넌 어째서 그렇게 생각하니?』

『오늘 아침 신문에서 올해는 북쪽에 고기가 아주 많이 잡혔다고 했어요.』

『그렇긴 한데, 아빠는 고기를 잡으러 간 게 아닐지도 몰라.』

『분명히 고기를 잡으러 갔어요. 아빠가 감옥에 들어갈 만큼 나쁜 일을 했을 리가 없어요. 저번에 아빠가 학교에 기증한 커다란 게딱지며 순록 뿔이 지금도 전부 표본실에 있어요. 6학년인가 수업 때 선생님들이 돌아가며 교실에 들고 간다구요. 재작년 수학여행에서 [이하 몇 글자 공백].」

「아빠가 이 다음에는 너한테 해달 가죽 외투를 갖다 주겠다고 그랬지.」

「모두들 나를 보면 그 소리를 해요. 약 올리듯 말해요.」

「너한테 못된 말을 하니?」

「네. 그렇지만 캄파넬라는 절대 그러지 않아요. 모두 그런 말을 할 때 캄파넬라는 미안하다는 표정을 지어요.」

「그 애 아빠하고 네 아빠하고는 꼭 너희처럼 어릴 때부터 친구였다는구나.」

「아빠는 저를 캄파넬라네 집에 데리고 갔어요. 그때는 좋았는데. 학교에서 돌아오는 길에 가끔 캄파넬라네 집에 들러요. 캄파넬라네 집에는 알코올램프로 움직이는 기차가 있어요. 기찻길을 일곱 개 연결하면 동그랗게 되고 거기에 전봇대며 신호등도 달려 있는데, 기차가 지나갈 때만 신호등에 파랗게 불이 켜지게 되어 있어요. 언젠가 알코올이 떨어졌을 때 석유를 넣었더니 엔진이 완전히 새카맣게 그을려 버렸어요.』

『그랬구나.』

『지금도 아침마다 신문을 넣으러 가요. 그런데 집이 쥐 죽은 듯 조용해요.』

『이른 시간이니까.』

『자우엘이라는 개가 있는데요, 꼬리가 꼭 빗자루 같아요. 절 보면 코를 킁킁거리며 따라와요. 길모퉁이까지 계속 따라와요. 더 멀리 따라올 때도 있어요. 오늘 밤은 모두 하늘타리 등불을 강에 띄우러 간다고 했는데, 틀림없이 자우엘도 따라올 거예요.』

『그렇지. 오늘 밤이 은하수 축제구나.』

『네. 우유 받으러 가면서 보고 올게요.』

『그래, 다녀오렴. 강물에는 들어가지 말고.』

『강가에서 보기만 할 거예요. 한 시간이면 돌아올 거예요.』

『더 놀다 오렴. 캄파넬라랑 함께라면 걱정 없으니까.』

『꼭 같이 놀게요. 엄마, 창문 닫을까요?』

『그래. 이제 서늘하구나.』

조반니는 일어나서 창문을 닫고 접시와 빵 봉지를 정리했습니다. 그러고 나서 신발을 신고 씩씩하게 『그럼 한 시간 반만 놀다가 돌아올게요.』 하고 말하며 어두운 문을 나섰습니다.

四. 켄타우루스 축제의 밤

조반니는 휘파람을 부는 입 모양을 하고 편백나무가 새까맣게 늘어선 마을 언덕을 쓸쓸하게 내려왔습니다.

언덕 아래 커다란 가로등 하나가 푸르스름하게 멋진 빛을 내며 서 있었습니다. 조반니가 저벅저벅 가로등 쪽으로 내려가자 지금까지 괴물처럼 기다랗고 희미하게 뒤를 따라온 그림자는 점점 진하고 또렷해졌고, 발을 들었다가 팔을 흔들었다가 하면서 조반니의 옆을 돌아 앞쪽으로 왔습니다.

「나는 멋진 기관차야. 여기는 내리막이니까 빨리 달리는 거지. 기차가 지금 저 가로등을 지나간다. 아하, 내 그림자는 컴퍼스로구나. 한 바퀴 뱅 돌아서 앞쪽으로 왔어.」

조반니가 이런 생각을 하면서 황새걸음으로 가로등 아래를 지나갈 때, 갑자기 낮에 본 자넬리가 깃이 빳빳한 새 셔츠를 입고 가로등 맞은편 어두운 골목길에서 나타나 조반니를 스쳐 지나갔습니다.

「자넬리, 하늘타리 등불 띄우러 가니?」 하지만 조반니가 이 말을 채 끝내기도 전에,

『조반니, 아빠가 해달 가죽 외투를 가져올 거야.』

자넬리가 뒤쪽에서 던지듯 소리쳤습니다.

조반니는 갑자기 가슴이 서늘해지고 찡 하고 울리는 것 같았습니다.

『뭐야, 자넬리!』 하고 조반니는 소리쳤지만 자넬리는 저쪽 편백나무를 심은 집 안으로 이미 들어가 버렸습니다.

「아무 잘못도 하지 않았는데 어째서 나한테 저런 말을 할까. 달릴 때는 꼭 생쥐 같은 주제에. 내가 아무 짓도 안 했는데도 그러는 걸 보니 쟤는 바보야.」

조반니는 이런저런 생각을 하면서 갖가지 등불과 나뭇가지로 온통 예쁘게 장식된 거리를 서둘러 지나갔습니다. 시계방에는 환하게 네온등이 켜져 있었는데, 일 초마다 돌로 만든 부엉이의 빨간 눈이 왔다 갔다 움직이고, 두꺼운 바닷빛 유리판 위에 박혀 있는 갖가지 보석 같은 별이 천천히 돌아가고, 맞은편에서 황동으로 만든 켄타우루스가 천천히 돌아 나오기도 했습니다. 그리고 그 한가운데에 둥그런 검은 별자리표가 파란 아스파라거스 잎으로 장식되어 있었습니다.

조반니는 넋을 잃고, 별자리 그림을 들여다보았습니다. 낮에 학교에서 본 그림보다는 훨씬 작았지만 판을 돌려 날짜와 시간을 맞추면 그때의 밤하늘이 타원형 안에 나타나게 되어 있었고, 역시 그 한가운데 위에서 아래로 은하수가 부옇게 흐린 때처럼 걸려 있었는데, 그 아래쪽에서는 무언가 폭발하여 희미하게 연기가 나고 있는 듯 보였습니다. 또 그 뒤쪽에는 다리가 셋 달린 작은 망원경이 노란 빛을 뿜으며 서 있었고 가장 뒤쪽 벽에는 하늘 전체의 별자리를 이상한 괴물이며 뱀이며 물고기며 물병 모양으로 그린 커다란 그림이 걸려 있었습니다. 조반니는 「하늘엔 정말로 이런 전갈이나 용사 같은 게 잔뜩 있는 걸까? 그렇다면 그 속으로 끝없이 걸어가고 싶구나.」 하고 생각하면서 잠시 멍하니 서 있었습니다.

그러다 문득 어머니와 우유를 떠올린 조반니는 시계방을 떠났습니다. 그리고 꽉 끼는 윗도리 어깨가 신경 쓰였지만, 그래도 일부러 가슴을 펴고 크게 팔을 흔들며

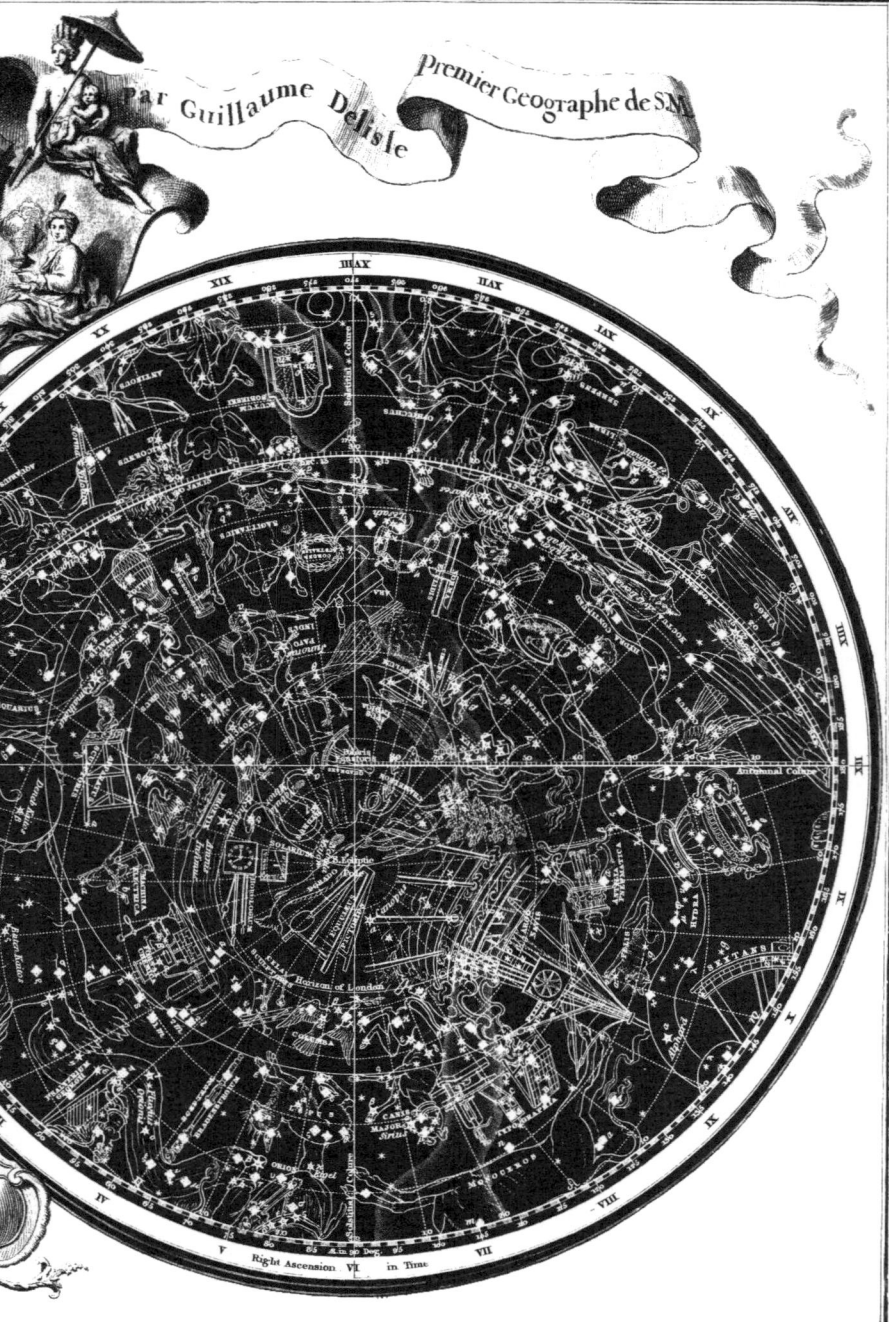

MAPPEMONDE a l'usage du Roy

마을을 지나갔습니다.

공기는 투명하여 마치 물처럼 거리와 상점 안을 흐르고, 가로등은 모두 새파란 전나무나 졸참나무 가지로 장식되고, 전기회사 앞 플라타너스 나무 여섯 그루에는 수없이 많은 꼬마전구가 켜져, 마치 인어의 도시처럼 보였습니다. 아이들은 모두 새로 주름을 잡은 옷을 입고 별자리 노래를 휘파람으로 불기도 하고 『켄타우루스, 이슬을 내려라.』 하고 외치며 달리거나, 파란 마그네슘 불꽃을 태우면서 즐거운 듯 놀고 있었습니다. 하지만 조반니는 다시 고개를 숙이고 그곳의 떠들썩함과는 전혀 다른 일을 생각하면서 우유 가게 쪽으로 발길을 재촉했습니다.

조반니는 어느새 마을에서 떨어진 미루나무가 몇 그루나 몇 그루나 높이 별 하늘로 솟아 있는 곳에 와 있었습니다. 우유 가게의 검은 문으로 들어가 젖소 냄새가 풍기는 어두컴컴한 부엌 앞에 선 조반니는 모자를 벗고 『안녕하세요!』 하고 인사를 했지만, 집 안은 잠잠하고 누가 있는 것 같지가 않았습니다.

『안녕하세요, 실례합니다.』 조반니는 똑바로 서서 다시 외쳤습니다. 그러자 조금 있다가 나이 든 여자가 어디 몸이라도 안 좋은 것처럼 살며시 나와서는 무슨 일이냐고 웅얼거렸습니다.

『저기, 오늘 우유가 우리 집에 안 와서 받으러 왔어요.』 조반니가 있는 힘을 다해 씩씩하게 말했습니다.

『지금 아무도 없어서 모르겠는데. 내일 가져다줄게.』

그 사람은 빨간 눈을 비비면서 조반니를 내려다보고 말했습니다.

『엄마가 아프셔서 오늘 밤에 가져가야 해요.』

『그럼 조금 있다가 오렴.』 그 사람은 곧 들어가 버릴 것 같았습니다.

『그래요? 그럼 알겠어요.』 조반니는 인사를 하고 그곳에서 나왔습니다.

사거리 길모퉁이를 막 돌아가려고 했을 때 맞은편 다리로 가는 잡화점 앞에, 검은 그림자와 희미하게 하얀 셔츠가 뒤섞여 있었는데, 예닐곱 명 학생들이 휘파람을 불기도 하고 웃기도 하면서 제각각 하늘타리 등불을 가지고 다가오는 것이 보였습니다. 그 웃음소리도 휘파람 소리도 모두 귀에 익었습니다. 조반니와 같은 반 아이들이었습니다. 조반니는 자기도 모르게 가슴이 뜨끔하여 돌아서서 가려고 했지만, 마음을 고쳐먹고 더더욱 씩씩하게 그쪽으로 걸어갔습니다.

『강에 가는 거니?』 하고 조반니가 말하려다 조금 목이 메는 기분이 들었을 때,

『조반니, 아빠가 해달 가죽 외투를 가져올 거야.』 아까 본 자넬리가 다시 소리쳤습니다.

『조반니, 아빠가 해달 가죽 외투를 가져올 거야.』 곧이어 모두가 연달아 외쳤습니다. 조반니는 얼굴이 새빨개져 걷는지 뛰는지 서둘러 지나가려고 했습니다.

그런데 그중에 캄파넬라도 있었습니다. 캄파넬라는 안쓰럽다는 듯 잠자코 살짝 웃으며 조반니가 화를 내지는 않을까 하는 표정으로 조반니를 보고 있었습니다.

조반니는 도망치듯 그 눈을 피했습니다. 그리고 캄파넬라의 키 큰 모습을 지나치

五. 천기륜 기둥

자마자, 아이들은 모두 휘파람을 불었습니다. 모퉁이를 돌 때 뒤돌아보았더니, 자넬리가 역시 이쪽을 쳐다보고 있었습니다. 그리고 캄파넬라도 함께 소리 높이 휘파람을 불며 저기 희미하게 보이는 다리 쪽으로 가 버렸습니다. 조반니는 말도 못하게 쓸쓸해져서 갑자기 뛰기 시작했습니다. 그러자 귀에 손을 대고 와아 하고 한쪽 발로 깡충깡충 뛰고 있던 작은 꼬마들은 조반니가 재미있어서 달리는 거라고 생각했는지 와아 하고 소리쳤습니다. 조반니는 새카만 언덕 쪽으로 내달렸습니다.

목장 뒤편은 완만한 언덕이었는데, 그 꼭대기 컴컴하고 평평한 풀밭은 북쪽 하늘 큰곰자리 별 아래로 여느 때보다 낮고 희미하게 보였습니다.

조반니는 이제 이슬이 맺히기 시작한 작은 숲 속 오솔길을 성큼성큼 올라갔습니다. 캄캄한 수풀과 여러 가지 모양으로 보이는 우거진 덤불 속으로 그 작은 길 한 줄기가 별빛을 받아 하얗게 빛나고 있었습니다. 수풀 속에는 반짝반짝 푸른 빛을 발하는 작은 벌레도 있고 또 어떤 잎은 파랗게 빛이 나서 조반니는 아까 아이들이 가지고 갔던 하눌타리 등불 같다고도 생각했습니다.

깜깜한 소나무 숲과 졸참나무 숲을 지나자, 별안간 드넓게 하늘이 펼쳐졌습니다. 하늘의 강이 희끄무레하게 남쪽에서 북쪽으로 걸려 있는 게 보였고, 또 언덕 꼭대기에 천기륜 기둥이 있는 것이 보였습니다. 초롱꽃인지 들국화인지 꽃이 한쪽 구석에 꿈속에서도 향기를 풍길 것처럼 피었고, 새가 한 마리 언덕 위를 울면서 지나갔습니다.

조반니는 천기륜 기둥 아래로 가서 후끈후끈한 몸을 차가운 풀 위로 던졌습니다.

마을 불빛은 마치 바다 밑 궁전 풍경처럼 어둠 속에서 빛나고, 아이들이 부르는 노래며 휘파람 소리, 띄엄띄엄 외치는 소리도 희미하게 들려왔습니다. 바람이 멀리서 불어와 언덕 풀밭도 조용히 살랑거리고, 땀으로 젖은 조반니의 셔츠도 차갑게 식었습니다. 조반니는 마을 저 멀리 펼쳐진 검푸른 들판을 내려다보았습니다. 그리고 기차 소리가 들렸습니다. 그 작은 열차 창문이 한 줄로 빨갛게 보였고 그 안에서 많은 여행자들이 사과를 깎거나 웃거나 여러 가지 일을 하고 있다고 생각하니, 조반니는 금세 말할 수 없이 슬퍼져서 다시 눈길을 하늘로 돌렸습니다.

「저기 하늘의 하얀 띠가 모두 별이라는데.」

그러나 아무리 보아도 저 하늘은 낮에 선생님이 말했던 것처럼 텅 비고 차가운 곳이라고는 느껴지지 않았습니다. 그뿐 아니라 볼수록 밤하늘은 작은 숲이며 목장이 있는 들판 같다는 생각이 들었습니다. 그리고 조반니는 파란 거문고자리의 별이 세 개가 되었다가 네 개가 되었다가, 깜빡깜빡 깜빡이다가, 다리가 몇 번이나 퍼졌다가 움츠렸다가 하다가 드디어 버섯처럼 길게 늘어지는 것을 보았습니다. 또 눈 아래 펼쳐진 마을 불빛도 역시 희미한 별무리, 혹은 커다란 연기처럼 보이는 것 같았습니다.

六. 은하 정거장

조반니는 바로 뒤에 있는 천기륜 기둥이 어느새 희미한 삼각표가 되어 잠시 동안 반딧불처럼 깜빡깜빡 꺼졌다가 켜졌다가 하는 것을 보았습니다. 삼각표는 점점 또렷해지더니 마침내 움직이지 않고 우직하게 짙푸른 하늘의 들판에 우뚝 섰습니다.

금방 달구어 낸 푸른 동판 같은 하늘의 들판에 똑바로 우뚝 솟았습니다.

그러자 어딘가에서 『은하 정거장, 은하 정거장.』 하고 말하는 신비로운 목소리가 들렸다고 생각한 순간, 갑자기 눈앞이 번쩍 하고 환해지더니 마치 억만 마리 불똥꼴뚜기 빛을 단숨에 화석으로 만들어 하늘에 눌러 놓은 것처럼, 또는 다이아몬드 회사에서 값이 떨어지는 것을 막으려고 일부러 나오지 않는 척하며 숨겨 두었던 다이아몬드를 누군가가 갑자기 쏟아 흩뿌린 것처럼 눈앞이 화악 환해져서 조반니는 저도 모르게 몇 번이나 눈을 비볐습니다.

정신을 차렸더니 덜커덩덜커덩, 덜커덩덜커덩, 조반니가 탄 작은 기차가 달리고 있었던 것입니다. 정말로 조반니는 작고 노란 전등이 늘어선 야간열차의 객실에서 창밖을 내다보며 앉아 있었습니다. 기차 안은 파란 융단을 댄 의자가 텅 빈 채로 있었고, 맞은편 회색 페인트를 칠한 벽에는 놋쇠로 된 커다란 단추 두 개가 빛나고 있었습니다.

바로 앞자리에는 물에 젖은 것처럼 새까만 옷을 입은 키가 큰 아이가 창문으로 머리를 내밀고 밖을 보고 있었습니다. 그리고 그 아이 어깨 언저리가 어쩐지 눈에 익은 기분이 들었는데, 그렇게 생각하니 더더욱 누구인지 궁금해 견딜 수가 없었습니다. 조반니가 창밖으로 머리를 내밀려고 했을 때, 갑자기 그 아이가 머리를 들여 이쪽을 보았습니다. 캄파넬라였습니다.

조반니가 「캄파넬라, 넌 아까부터 여기에 있었던 거니?」 하고 물으려 했을 때, 캄파넬라가 먼저 『모두들 열심히 뛰었지만 늦어 버렸어. 자넬리도 말야, 꽤 달렸는데 쫓아오지 못했어.』 하고 말했습니다.

조반니는 「그래, 우리는 지금 함께 놀러 나온 거야.」 하고 생각하면서 『어딘가에서 기다리고 있겠지.』 하고 말했습니다.

그러자 캄파넬라는 『자넬리는 벌써 돌아갔어. 아빠가 데리러 왔거든.』

캄파넬라는 그렇게 말하면서 조금 안색이 창백해졌고, 어쩐지 괴로워하는 듯 보였습니다. 그러자 조반니도 왠지 어딘가에, 무언가를 두고 온 것 같은 이상한 기분이 들어 입을 다물었습니다.

하지만 캄파넬라는 창밖을 내다보며 어느새 완전히 기운을 차리고 씩씩하게 말했습니다.

『아, 이런. 물통을 두고 왔어. 스케치북도. 하지만 상관없어. 곧 백조 정거장이니까. 난 백조를 보는 게 정말 좋아. 강 저 멀리 날아가고 있다고 해도 꼭 볼 수 있을 거야.』 그리고 캄파넬라는 둥근 판처럼 생긴 지도를 빙글빙글 열심히 돌려가며 보고 있었습니다.

정말로 지도에는 하얗게 표시된 하늘의 강 왼쪽 기슭을 따라 한 줄기 기찻길이 남쪽으로 남쪽으로 뻗어 있었습니다. 그리고 그 지도에는 밤처럼 새카만 판 위에 정거장 하나하나, 삼각표 하나하나, 연못이며 숲이 파랑과 주황과 녹색, 그밖에 갖가지 아름다운 빛으로 멋지게 아로새겨져 있었습니다. 조반니는 왠지 그 지도를 어디선가 본 듯한 기분이 들었습니다.

『이 지도는 어디에서 샀니? 흑요석으로 되어 있네.』

조반니가 말했습니다.

『은하 정거장에서 받았어. 넌 안 받았니?』

『아, 내가 은하 정거장을 지나왔던가? 지금 우리가 있는 데가, 여기겠지?』

조반니는 그렇게 말하면서 「백조 정거장」이라고 쓰여 있는 정거장 표시 바로 북쪽을 가리켰습니다.

『응, 어라, 저 들판에 달이 뜬 건가?』

그쪽을 보니 푸르스름하게 빛나는 강기슭에 은색 하늘억새가 정말이지 온통 바람에 사라락사라락 흔들리며 물결을 일으키고 있었습니다.

『달이 뜬 게 아니야. 은하수니까 빛나는 거야.』 조반니는 말하면서 마치 뛰어오를 듯 유쾌해졌습니다. 발을 통통 구르며 창밖으로 얼굴을 내밀고 소리 높이 별자리 노래를 휘파람으로 불었습니다. 있는 힘을 다해 몸을 뻗어 하늘의 강 저 끝까지 보려 했지만 처음에는 아무리 해도 또렷하게 보이지가 않았습니다. 하지만 자세히 보니 그 깨끗한 강물은 유리보다도 수소보다도 투명하고, 눈의 착각일까, 때때로 어른어른 보라색 작은 물결을 일으켰다가 무지개처럼 반짝반짝 빛났다가 하면서 소리도 없이 천천히 흘러갔고, 들판 여기저기에는 빛을 내뿜는 삼각표가 아름답게 서 있었습니다. 먼 것은 작게, 가까운 것은 크게, 먼 것은 주황이며 노랑으로 선명하게, 가까운 것은 푸르스름하고 조금 희미하게, 삼각형, 사각형, 또는 개나 사슬 모양으로 늘어서 들판 가득 빛나고 있었습니다. 조반니는 가슴이 두근거려서 머리를 세차게 흔들었습니다. 그러자 들판 가득한 파랑이며 주황이며 여러 가지 색으로 눈부시게 빛나는 예쁜 삼각표들이 제각각 숨을 쉬듯 반짝반짝 반짝거리며 흔들렸습니다.

『우리는 정말로 하늘 들판에 왔어』 조반니는 말했습니다.

『게다가 이 기차는 석탄을 때지 않아』 조반니가 왼손을 내밀고 창문으로 기차 앞쪽을 보며 말했습니다.

『알코올이나 전기로 가겠지』 캄파넬라가 말했습니다.

덜컹덜컹, 덜컹덜컹. 그 작고 예쁜 기차는 바람에 나부끼는 하늘억새 속을, 하늘의 강물 속을, 푸르스름한 삼각표의 희미한 빛 속을 끝없이 달려갔습니다.

『아! 용담꽃이 피었어. 이제 완연한 가을이야.』 캄파넬라가 창밖을 가리키며 말했습니다.

선로 가장자리에 돋은 짧은 잔디 속에 월장석으로 깎은 양 멋진 보라색 용담꽃이 피어 있었습니다.

『뛰어내려서 저 꽃을 꺾은 다음 다시 올라타 볼까?』 조반니는 가슴을 조이며 말했습니다.

『이제 늦었어. 저렇게 뒤로 가버렸으니까.』

캄파넬라가 그 말을 다 끝내기도 전에, 또 다시 용담꽃이 하나 가득 빛나며 지나갔습니다.

그렇게 생각하는 순간, 뒤이어 노란 꽃술을 담은 용담꽃 컵이, 솟아나듯, 비오

듯 눈앞을 지나갔고, 삼각표는 뜨거워 연기가 나듯, 타오르듯, 서서히 점점 또렷해지며 빛을 내고 서 있었습니다.

七. 북십자와 플라이오세 해안

『엄마는 나를 용서해 주실까?』

갑자기 캄파넬라가 결심했다는 듯 조금 더듬거리며 초조하게 말했습니다.

조반니는 「우리 엄마는 저 멀리 먼지처럼 보이는 주황색 삼각표 부근에 계실 거야. 지금 내 생각을 하고 있겠지.」 하고 멍하니 생각했습니다.

『나는 엄마가 정말로 행복해진다면 무슨 일이든 할 거야. 하지만 도대체 어떻게 해야 엄마가 행복해질까?』 캄파넬라는 마치 울고 싶은 것을 억지로 참고 있는 것 같았습니다.

『너희 엄마는 아무것도 힘들 게 없잖아?』 조반니는 깜짝 놀라 말했습니다.

『난 모르겠어. 하지만 내가 착한 일을 할 때 제일 행복하겠지. 그러니까 엄마는 나를 용서해 주실 거야.』 캄파넬라는 정말로 뭔가 결심한 것처럼 보였습니다.

갑자기 기차 안이 하얗게 밝아졌습니다. 살펴보니 다이아몬드며 풀잎의 이슬이며 아름다운 것을 전부 모아 놓은 듯 눈부시게 빛나는 하늘의 강물이 소리도 없이 형태도 없이 흐르고 있었고 그 흐름 한가운데에 희미하고 파르스름한 빛을 내뿜는 섬이 보였습니다. 백조섬이었습니다. 평평한 꼭대기에는 눈이 번쩍 뜨일 만큼 멋진 하얀 십자가가 서 있었는데, 얼어붙은 북극의 구름으로 조각했다고 해야 할까, 상쾌한 금빛 띠를 머리에 이고 고요히, 그리고 우직하게 서 있는 것이었습니다.

『할룰레야, 할룰레야.』 앞에서도 뒤에서도 목소리가 들렸습니다. 뒤를 돌아보니 객실 안에 있던 여행객들이 모두 옷매무새를 가다듬고 검은 성경을 가슴에 대거나 수정 염주를 손에 걸고 경건하게 손가락을 깍지 낀 채 십자가 쪽을 향해 기도하고 있었습니다. 조반니와 캄파넬라는 저도 모르게 벌떡 일어섰습니다. 캄파넬라의 뺨은 마치 잘 익은 붉은 사과처럼 아름답게 빛났습니다.

이윽고 섬과 십자가는 점점 뒤쪽으로 움직였습니다. 건너편 기슭에서는 푸르스레 희미하게 빛이 피어올랐는데 때때로 억새가 바람에 나부끼듯 휙 하고 은색으로 빛나며 숨이라도 내쉬는 것 같았고, 수많은 용담꽃이 불빛을 숨겼다가 내보였다가 하는 게 마치 상냥한 도깨비불 같았습니다.

하지만 그것도 아주 잠시, 강과 기차 사이는 억새밭으로 가로막혀 백조섬은 딱 두 번, 기차 뒤쪽으로 보였을 뿐이고 그렇게 어느새 더욱 멀어져 작은 그림처럼 보였습니다. 그리고 다시 억새가 사라락사라락 스쳐가고 백조섬은 마침내 완전히 사라지고 말았습니다. 조반니 뒤쪽에는 언제 탔는지 키가 크고 까만 두건을 쓴 기독교 수녀님이 동그란 초록빛 눈동자를 가만히 바닥으로 향한 채, 무언가 아직 저쪽

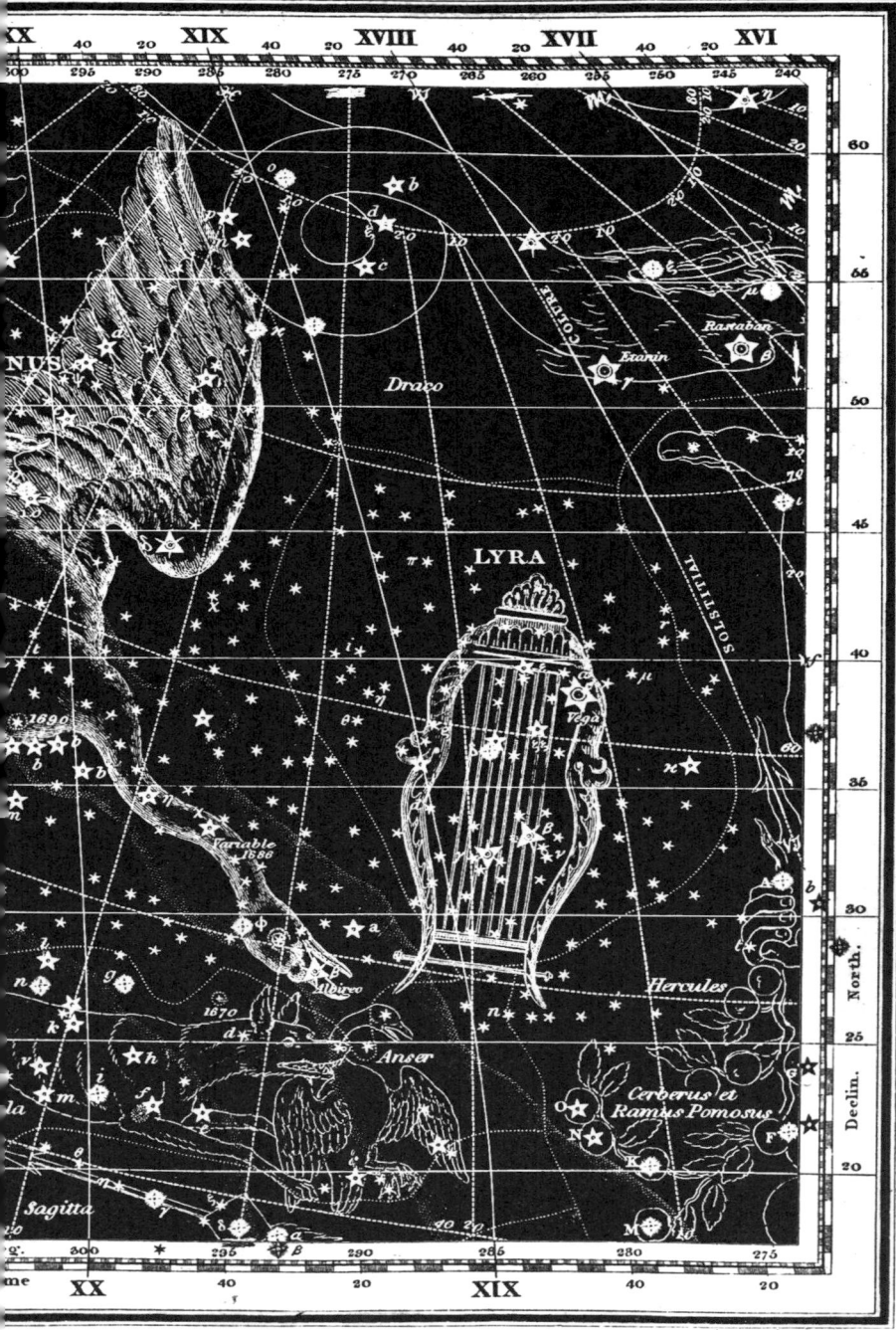

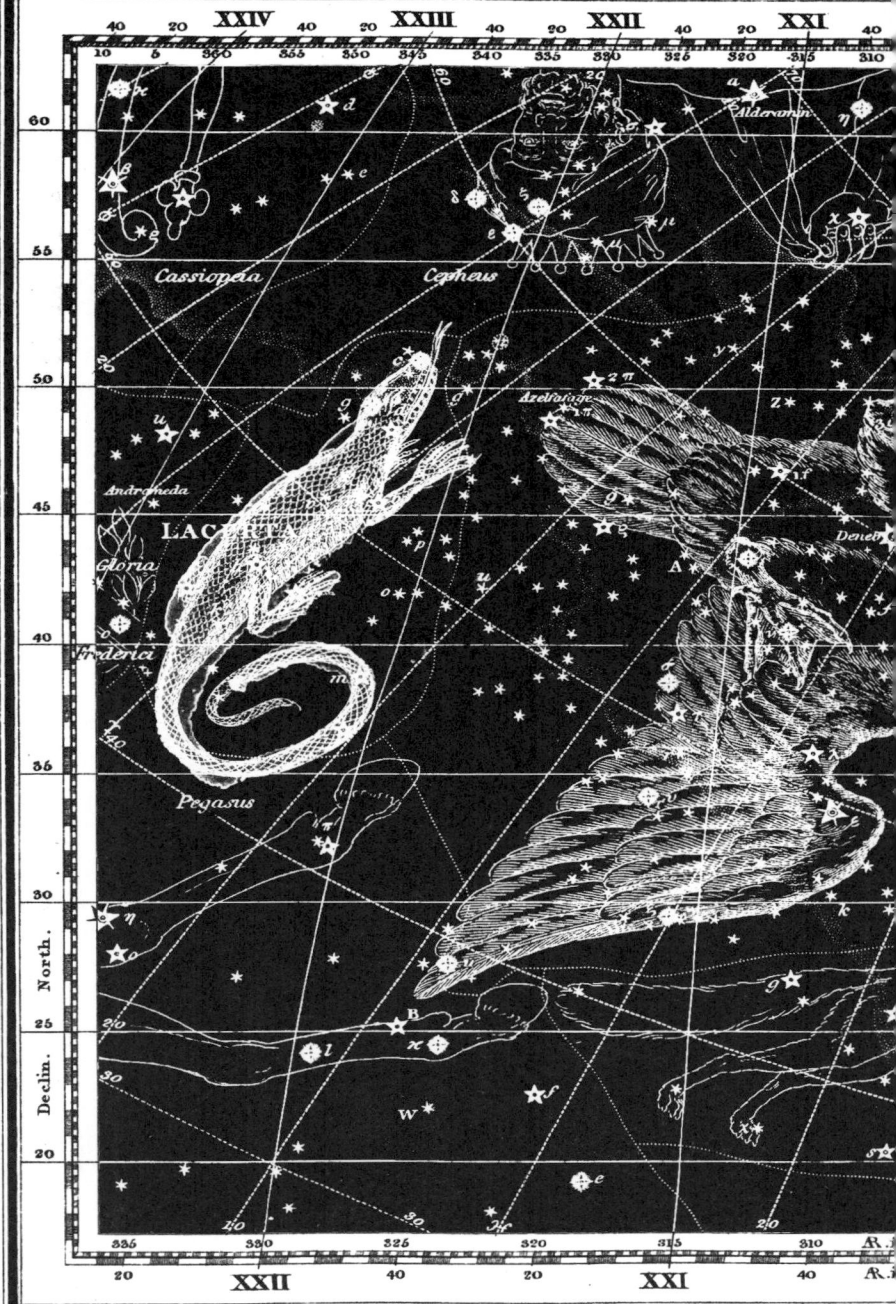

에서 전해져 오는 말인지 소리인지에 경건하게 귀를 기울이고 있었습니다. 여행자들은 조용히 자리로 돌아가고, 조반니와 캄파넬라도 가슴 가득한 슬픔 비슷한 감정을 무덤덤하게 서로 이야기했습니다.

『이제 곧 백조 정거장이야.』

『아, 열한 시 정각에는 도착할 거야.』

신호기의 녹색 등불과 희미한 하얀 기둥이 언뜻 창밖을 스쳐 지나갔습니다. 유황 불꽃을 닮은 어둡고 희미한 선로변환기 불빛이 창 밑을 통과하자 기차는 점점 느려지더니 일정한 간격으로 늘어선 아름다운 승강장 전등이 나타났습니다. 불빛이 점점 커지고 밝아지더니 기차는 백조 정거장의 커다란 시계 앞에 딱 멈추었습니다.

상쾌한 가을이었습니다. 시계 곁면에는 파랗게 달구어진 강철 바늘 두 개가 또렷하게 열한 시를 가리켰습니다. 승객들은 모두 내리고 객실 안은 텅 비어 버렸습니다. 시계 아래에는 「이십 분 정차」라고 쓰여 있었습니다.

『우리도 내려 볼까?』 조반니가 말했습니다.

『내리자.』

둘은 벌떡 일어나 문을 박차고 뛰어나가 개찰구로 갔습니다. 그러나 개찰구에는 밝은 보랏빛 전등이 하나 켜져 있을 뿐, 아무도 없었습니다. 역 안을 둘러보았지만 역장이나 짐꾼 같은 사람 역시 그림자도 보이지 않았습니다.

두 사람은 역 앞에 있는 수정으로 세공한 것 같은 은행나무로 둘러싸인 작은 광장으로 나왔습니다. 거기에서 폭이 넓은 길이 하늘의 강 푸른 빛 속으로 똑바로 이어져 있었습니다.

먼저 내린 사람들은 이미 어딘가로 갔는지 한 명도 보이지 않았습니다. 조반니와 캄파넬라가 어깨를 나란히 하고 하얀 길을 걸으려니, 마치 사방에 창이 있는 방 안에 있는 두 개의 기둥처럼, 또는 두 개의 수레바퀴살처럼 그림자가 몇 줄기나 사방으로 드리워졌습니다. 그리고 두 사람은 곧 기차에서 보았던 깨끗한 강가에 도착했습니다.

캄파넬라는 그 깨끗한 모래를 한 줌 집어 손바닥에 펼쳐서, 손가락으로 사각사각 소리를 내며 꿈을 꾸듯 말했습니다.

『이 모래는 모두 수정이야. 안에서 작은 불꽃이 타오르고 있어.』

『그렇구나.』 대체 어디에서 그런 걸 배웠을까 생각하면서 조반니는 어렴풋이 대답했습니다.

강가의 자갈도 모두 투명한 수정이었습니다. 그중에는 토파즈도 있었는데 쪼글쪼글하게 주름이 진 것도 있고 귀퉁이에서 안개 같이 푸르스름한 빛을 내는 사파이어도 있었습니다.

조반니는 물가로 달려가서 물에 손을 담갔습니다. 그러나 신비한 하늘의 강물은 수소보다도 훨씬 투명했습니다. 하지만 분명히 흐르고 있었습니다. 물에 담근 팔목 부분에 부딪혀 오는 물살이 아름다운 수은 색으로 빛을 발하며 아롱아롱 불타는 것을 보면 알 수 있었습니다.

상류 쪽을 보니, 억새가 가득 자라고 있는 벼랑 아래로 마치 운동장처럼 평평한 하얀 바위가 강가에 솟아 있었습니다. 거기에 작은 사람 그림자 대여섯이 보였는데, 뭔가를 파내는 건지 파묻는 건지 섰다가 웅크렸다가 했고, 때때로 뭔가 도구가 번쩍 하고 빛나곤 했습니다.

『가 보자.』 둘은 동시에 외치면서 그쪽으로 달려갔습니다. 하얀 바위가 있는 곳으로 가는 입구에 「플라이오세 해안」이라고 쓰인 반들반들한 도자기 표지판이 서 있었는데, 맞은편 물가에 군데군데 가느다란 철재 난간이 있었고 나무로 만든 예쁜 벤치도 놓여 있었습니다.

『어라, 이상한 게 있어.』 캄파넬라는 신기하다는 듯 멈춰 서서 바위에서 기다랗고 끝이 뾰족한 검은 호두 열매 같은 것을 주웠습니다.

『호두 열매야. 저길 봐. 많이 있어. 떠내려 온 게 아니야. 바위 속에 들어 있

『크구나, 이 호두는. 두 배는 커. 이 녀석은 흠집도 하나 없어.』

『빨리 저기로 가 보자. 뭔가 캐고 있는 게 분명해.』

둘은 우둘투둘한 검은 호두 열매를 가지고 그쪽으로 다가갔습니다. 왼쪽 물가에는 번개처럼 타오르는 물결이 은은하게 밀려오고, 오른쪽 물가 벼랑에는 은색 조개 껍질로 만든 것 같은 억새 이삭이 흔들렸습니다.

가까이 가 보니 도수 높은 근시 안경을 끼고 장화를 신은 키 큰 학자 하나가 수첩에 무언가 부산스레 적으면서, 곡괭이를 치켜들었다가 삽질을 했다가 하는 조수 셋에게 이것저것 열심히 지시를 하고 있었습니다.

『거기 그 튀어나온 부분이 부서지지 않게 조심해. 삽을 쓰라고, 삽을. 앗, 더 먼 곳에서부터 파야 한다니까. 안 돼, 안 돼. 어째서 그렇게 함부로 파는 거야!』

그쪽을 봤더니 부드러운 하얀 바위 속에 푸르스름한 거대한 짐승의 뼈가 옆으로 쓰러진 채 찌부러진 모양으로 절반 이상 파헤쳐져 있었습니다. 자세히 보니 주위에 발굽이 두 개 있는 발자국이 찍힌 바위가 네모꼴로 열 개쯤, 깨끗하게 잘라내어져 있었는데 번호표가 붙어 있었습니다.

『너희는 견학 왔니?』 학자 같은 사람이 안경을 번쩍거리며 이쪽을 보고 말을 걸었습니다.

『호두가 많지? 그건 한 백이십만 년 정도 된 호두란다. 그 정도면 아주 최근 거라고 할 수 있지. 여기는 백이십만 년 전, 제 3기 후기에는 바닷가였는데, 이 아래에서는 조개껍데기도 나오지. 지금 강물이 흐르는 곳에 바닷물이 밀려왔다 밀려갔다 했단다. 아, 이 짐승 말이냐? 이건 「보스」라고 하는데, 이봐, 거기. 곡괭이는 안 돼. 조심조심 끌로 해주게. 보스란 말이지, 현재 소의 조상인데 옛날에는 아주 많이 살았지.』

『표본을 만드는 건가요?』

"아니, 증명하는 데 필요해. 우리가 보기엔 여기는 두껍고 훌륭한 지층이고 백이십만 년쯤 전에 생겼다는 증거도 여럿 올라와. 하지만 다른 사람이 봐도 역시 그런 지층으로 보일까? 바람이나 물이나 텅 빈 허공으로 보일지도 모르지. 알았니? 하지만, 이봐, 거기도 삽은 안 돼. 그 바로 아래 갈비뼈가 묻혀 있을 거라고 했잖나." 학자는 당황해서 뛰어갔습니다.

"벌써 시간이 됐어. 이제 그만 가자." 캄파넬라가 지도와 손목시계를 번갈아 보며 말했습니다.

"아, 그럼 저희는 이만 실례하겠습니다." 조반니는 공손하게 학자에게 인사를 했습니다.

"그러니? 그럼 잘 가거라." 학자는 다시 분주하게 여기저기 뛰어다니며 감독을 시작했습니다.

조반니와 캄파넬라는 기차 시간에 늦지 않도록 하얀 바위 위를 열심히 뛰었습니다. 그런데 정말로 바람처럼 달릴 수 있었습니다. 숨도 안 차고 무릎도 뻐근해지지 않았습니다.

이렇게 달린다면 세상 어디라도 달려갈 수 있겠다고 조반니는 생각했습니다. 그리고 둘은 조금 전까지 있었던 강가에서 멀어졌습니다. 개찰구의 불빛이 점점 커졌습니다. 기차로 돌아온 두 사람은 객실 의자에 앉아 지금 막 달려온 강가를 창밖으로 내다보았습니다.

八. 새를 잡는 사람

『여기에 앉아도 되겠습니까?』

걸걸한, 그러나 정중한 남자 목소리가 두 사람 뒤에서 들렸습니다.

그 사람은 빨간 수염이 난 등이 굽은 남자였는데 조금 너덜너덜한 밤색 외투를 입고 하얀 천으로 싼 짐을 둘로 나누어 어깨에 짊어지고 있었습니다.

『네. 괜찮아요.』 조반니는 조금 어깨를 옴츠리며 인사를 했습니다. 그 사람은 수염 사이로 희미하게 웃으면서 짐을 천천히 그물선반 위로 올렸습니다. 조반니는 왠지 쓸쓸하기도 하고 슬프기도 해서 말없이 정면의 시계를 보고 있었는데, 저 앞쪽에서 유리 피리 같은 기적 소리가 났습니다. 기차가 움직이기 시작한 것입니다. 캄파넬라는 객실 천장을 이리저리 살펴보고 있었습니다. 전등불 하나에 까만 딱정벌레가 앉아서 그 그림자가 크게 비쳤기 때문입니다.

빨간 수염이 난 남자는 왠지 정겹다는 듯 웃으며 조반니와 캄파넬라의 모습을 바라보았습니다. 기차는 점점 빨라져 억새와 강이 번갈아 창밖에서 빛났습니다.

빨간 수염 남자가 조금 머뭇머뭇하면서 둘에게 물었습니다.

『여러분들은 어디로 가시나요?』

『끝없이 가요.』 조반니는 조금 거북한 듯이 대답했습니다.

『그거 좋군요. 이 기차는 정말로, 어디까지라도 갑니다.』

『아저씨는 어디 가는데요?』 캄파넬라가 갑자기 싸우는 것처럼 묻는 바람에 조반니는 자기도 모르게 웃었습니다. 그러자 맞은편 자리에 앉아 있던 뾰족한 모자를 쓰고 커다란 열쇠를 허리에 늘어뜨린 사람도 흘끔 이쪽을 보며 웃어서 캄파넬라는 그만 얼굴을 붉히고 웃기 시작했습니다. 하지만 빨간 수염은 별로 화를 내지도 않았고 그저 뺨을 실룩실룩 하면서 대답했습니다.

『저는 바로 저기에서 내립니다. 전 새를 잡아 파는 장사꾼이거든요.』

『무슨 새요?』

『학이나 기러기를 잡습니다. 백로나 백조도요.』

『학은 많이 있나요?』

『많고 많지요. 아까부터 울고 있는데요. 못 들었나요?』

『못 들었어요.』

『지금도 들리잖습니까? 자, 귀를 기울이고 들어 보세요.』

둘은 눈을 치켜뜨고 귀를 기울였습니다. 덜컹거리는 기차의 울림과 억새를 스치는 바람 사이로, 퐁퐁 물이 솟는 소리가 들려왔습니다.

『학은 어떻게 잡나요?』

『학 말입니까? 아니면 백로 말입니까?』

『학이요.』 조반니는 어느 쪽이든 상관없다고 생각하면서 대답했습니다.

『그 녀석은요, 어렵지 않아요. 백로라는 녀석들은 전부 하늘의 강 모래가 굳으면서 생기거든요. 그리고 계속 강으로 돌아오니까요. 강가에서 기다리고 있다가 백로가 다리를 이렇게, 해서 내려오는 것을 땅바닥에 닿을락 말락할 때 확 눌러 버리는 겁니다. 그러면 백로는 군으면서 안심하고 죽습니다. 그 다음은 뻔하죠. 납작하게 말리면 끝입니다.』

『납작하게 말려요? 표본인가요?』

『표본이 아닙니다. 모두 먹잖아요.』

『이상한데.』 캄파넬라가 고개를 갸웃거렸습니다.

『이상할 것도 수상할 것도 없다니까요. 자.』 그 남자는 일어나 그물선반에서 짐을 내려 재빨리 획획 풀었습니다.

『자, 보세요. 지금 막 잡아 온 겁니다.』

『정말로 백로네.』 둘은 무심결에 소리쳤습니다.

조금 아까 본 북쪽 십자가처럼 새하얗게 빛나는 백로의 몸통이 열쯤, 검은 다리를 움츠리고 조금 납작하게 눌린 채 부조처럼 널려 있었습니다.

『눈을 감고 있네.』 캄파넬라는 손가락으로 백로의 초승달 모양 하얀 눈을 가만히 만졌습니다. 머리 위에 창처럼 생긴 하얀 깃털도 잘 붙어 있었습니다.

『봐요, 그렇지요?』 새잡이는 보자기를 덮고 다시 끈으로 둘둘 묶었습니다. 조반니는 여기서는 누구나 백로 같은 걸 먹는 걸까 생각하면서 물었습니다.

『백로는 맛있나요?』

『예, 매일 주문이 들어옵니다. 하지만 기러기 쪽이 더 잘 팔리지요. 기러기가 훨씬 몸집이 좋고 손질도 쉬워서요. 자.』 새잡이는 다시 다른 보따리를 풀었습니다. 그러자 노랗과 푸르스름한 얼룩이 등불처럼 빛나는 기러기가 방금 전 백로처럼 부리를 가지런히 모으고 조금 납작해진 채 눌려 있었습니다.

『이건 바로 먹을 수 있답니다. 어때요, 조금 잡숴 보세요.』 새잡이는 노란 기러기 다리를 가볍게 잡아당겼습니다. 그러자 기러기 다리는 초콜릿으로 만든 것처럼 아주 말끔하게 떨어졌습니다.

『어때요? 조금 드셔 보세요.』 새잡이는 기러기 다리를 둘로 찢어 건넸습니다.

조반니는 조금 먹어 보더니 「뭐야, 역시 이건 과자잖아. 초콜릿보다 훨씬 맛있지만. 이런 기러기가 날아다닐 리가 없어. 이 아저씨는 어딘가 들판에서 과자가게를 하고 있을 거야. 그래도 나는 이 아저씨를 바보 취급하면서 과자를 얻어먹고 있으니 너무 불쌍한 걸.』 하고 생각하면서도, 아드득아드득 기러기를 먹었습니다.

『좀 더 드세요.』 새잡이가 또 보따리를 꺼냈습니다. 더 먹고 싶었지만 『괜찮아요. 고맙습니다.』 하고 조반니가 사양하자, 새잡이는 건너편 자리에 있는 열쇠를 가진 사람에게 내주었습니다.

『아, 파는 물건을 받아서 송구하네요.』 그 사람은 모자를 벗으며 말했습니다.

『아닙니다, 천만에요. 어떻습니까? 올해 철새 경기는?』

『와, 대단하지요. 그저께 두 시쯤인가? 왜 등대에 불을 규칙적으로 [한 글자 공백] 켜지 않느냐고, 여기저기서 전화로 항의가 들어왔는데, 웬걸, 여기서 그런 게 아니라 철새들이 새카맣게 모여들어 등대 앞을 지나가는 거라 어쩔 수가 없습니다. 저는 「바보들, 그런 불평은 나한테 해도 소용이 없어. 바스락거리는 망토를 입고 다리랑 입이 터무니없이 가느다란 걔네 대장한테나 해.」 하고 말해주었지요,

『하하하.』

억새밭이 사라진 탓에 건너편 들판에서 확 하고 빛이 비쳐 들어왔습니다.

『백로는 왜 손질이 어려운데요?』 캄파넬라는 아까부터 물어보려고 생각하고 있었습니다.

『그건 말이죠, 백로를 먹으려면.』 새잡이는 이쪽으로 돌아앉았습니다.

『하늘의 강물에서 나오는 빛에 열흘을 담가 두거나 아니면 모래에 사나흘 묻어 두어야 합니다. 그렇게 해야 수은이 전부 증발해서 먹을 수 있게 되지요.』

『이건 새가 아니라 그냥의 과자잖아요.』 조반니도 똑같은 생각을 하고 있다고 여겼는지 캄파넬라가 딱 잘라 말했습니다. 새잡이는 왠지 대단히 당황한 모양새로

『맞다, 맞다. 여기서 내려야 하는데.』 하고 말하면서 일어나 짐을 내리는가 싶더니 곧 사라져 버렸습니다.

『어디로 간 걸까?』

둘은 얼굴을 마주봤습니다. 등대지기는 싱글싱글 웃으며 조금 발돋움을 하여 두 사람의 옆 창문으로 밖을 내다보았습니다. 조반니와 캄파넬라도 그쪽을 보았는데, 방금 전까지 옆에 앉아 있던 새잡이가 노랗고 푸르스름한 아름다운 빛을 발하는 강가의 쑥밭 위에 서서 진지한 표정으로 두 팔을 크게 벌리고 가만히 하늘을 쳐다보고 있었습니다.

『저기에 있어. 되게 이상한 모습인데. 분명 또 새를 잡는 거겠지. 기차가 출발하기 전에 어서 새가 내려왔으면 좋겠다.』하고 말한 순간, 텅 비어 있던 도라지색 하늘에서 아까 본 백로가 꺅꺅 소리를 지르며 마치 눈이 내리듯 그득히 내려앉았습니다. 그러자 새잡이는 생각대로라는 듯 벙글거리며 두 발을 정확히 육십 도로 벌리고 서서 검은 다리를 움츠리며 내려오는 백로를 양손으로 닥치는 대로 잡아 자루 속에 집어넣었습니다. 그러자 백로는 자루 속에서 잠시 깜빡깜빡 반딧불처럼 파랗게 빛났다가 꺼졌다가 했지만, 끝내는 전부 희미하고 하얀 빛이 되어 눈을 감는 것이었습니다. 하지만 잡히는 백로보다는 잡히지 않고 무사히 하늘의 강 모래밭 위에 내려앉는 백로가 더 많았습니다. 보고 있자니 백로는 다리가 모래에 닿자마자 마치 눈이 녹듯이 사그라들면서 납작해지더니 금세 용광로에서 나온 구리물처럼 모래나 자갈 위로 퍼지고, 잠시 새의 모습으로 모래에 붙어 있지만, 그것도 두세 번 밝아졌다 어두워졌다 하고 난 후에는 곧 완전히 주변과 같은 색이 되어 버렸습니다.

새잡이는 스무 마리쯤 자루에 넣고는 서둘러 두 손을 들어 병사가 총알에 맞고 죽을 때와 같은 몸짓을 했습니다. 그런가 하고 생각하는 사이, 이미 거기에 새잡이의 모습은 없었습니다. 그 대신 『아, 신 난다. 역시 형편에 맞게 버는 것만큼 좋은 일도 없지요.』하고 귀에 익은 목소리가 조반니 옆에서 들렸습니다.

새잡이는 벌써 잡아 온 백로를 모아 하나씩 차곡차곡 포개 놓고 있었습니다.

『어떻게 저기에서 여기로 단숨에 온 거예요?』조반니가 이상한 기분이 들어 물어보았습니다.

『어떻게, 라니요? 오려고 했으니까 온 거죠. 도대체 당신들은, 어디서 오셨습니까?』

조반니는 바로 대답하려고 했지만, 어디에서 온 건지 아무리 해도 생각이 나지 않았습니다. 캄파넬라도 얼굴을 붉히며 뭔가 생각해 내려고 하고 있었습니다.

『아, 멀리서 오신 거군요.』 새잡이는 알겠다는 듯 가볍게 고개를 끄덕였습니다.

九. 조반니의 차표

『여기는 백조 지역 끄트머리입니다. 보세요. 저게 그 유명한 알비레오 관측소입니다.』

창밖을 보니 불꽃으로 가득한 하늘의 강 한가운데에 커다랗고 시커먼 건물이 네

체정도 서 있고, 그중 지붕이 평평한 건물 위에 눈이 번쩍 뜨일 만큼 커다랗고 투명한 사파이어와 토파즈 구슬이 원을 그리며 조용히 빙글빙글 돌고 있었습니다. 노란 토파즈 구슬이 점점 뒤쪽으로 돌아가면 파랗고 작은 사파이어 구슬이 앞쪽으로 나오고, 곧 두 구슬의 가장자리가 서로 겹치면서 예쁜 녹색을 띤 양면 볼록렌즈 같은 모습이 되는데, 점점 한가운데가 부풀어 오르더니 마침내 파란 구슬이 완전히 노란 구슬 앞으로 와서 녹색 중심과 밝은 노란색 고리가 생겼습니다. 그게 또 점점 옆으로 비껴나더니 다시 렌즈 모양으로 되기를 반복하여 마침내 속 멀어지고, 사파이어는 뒤쪽으로 돌아가고, 토파즈는 앞쪽으로 나와 다시 방금 전과 같은 모양이 되었습니다. 형태도 없고 소리도 없는 하늘의 강물에 둘러싸인 검은 관측소는 잠을 자듯 조용히 허공에 가로놓여 있었습니다.

『저건 강물의 속도를 재는 기계입니다. 물도⋯⋯。』 새잡이가 말을 꺼내자,

『차표를 보여 주세요。』 세 명이 있는 자리 옆으로 빨간 모자를 쓴 키가 큰 차장

이 어느새 다가와 말했습니다. 새잡이는 말없이 주머니에서 작은 종잇조각을 꺼냈습니다. 차장은 잠시 들여다보더니 바로 눈을 돌려 「당신들은?」 하는 것처럼 조반니와 캄파넬라 쪽으로 손가락을 까딱거리며 내밀었습니다.

『글쎄요······.』 조반니가 난처한 얼굴로 우물쭈물하고 있는 동안, 캄파넬라라는 별것 아니라는 듯 작은 잿빛 차표를 내밀었습니다. 조반니는 크게 당황해서 혹시라도 주머니에 들어 있지 않을까 생각하면서 손을 넣어 보았는데, 뭔가 큼직하게 접은 종잇조각이 만져졌습니다. 조반니는 이런 게 들어 있었던가 하면서 재빨리 꺼내 보았습니다. 그것은 넷으로 접은 엽서 크기의 녹색 종이였습니다. 차장이 손을 내밀고 있었기 때문에 뭐든 상관없으니 줘 버리자고 생각한 조반니는 그 종이를 차장에게 건네주었습니다. 차장은 똑바로 서서 정중하게 그것을 받아 펴 보았습니다.

그러면서 차장은 단추 같은 걸 자꾸 만지작거렸고 등대지기도 앉은 채로 넣을 놓고 들여다보고 있었습니다. 조반니는 분명 그것이 무슨 증명서일 거라 생각하여 가슴이 조금 뜨거워지는 기분이 들었습니다.

『이걸 3차공간부터 가지고 계셨습니까?』

차장이 물었습니다.

『뭔지 모르겠어요.』 이제 괜찮다고 안심한 조반니는 차장을 올려다보면서 키득키득 웃었습니다.

『됐습니다. 남십자 정거장에는 세 시쯤 도착하겠습니다.』 차장은 종이를 조반니에게 돌려주고 저쪽으로 갔습니다.

캄파넬라는 그 종이가 무엇인지 알고 싶어 더는 기다리지 못하겠다는 듯 서둘러 들여다보았습니다. 조반니도 빨리 보고 싶었습니다. 하지만 온통 까만 덩굴 모양 장식 안에 이상한 글자가 열 개쯤 인쇄되어 있을 뿐, 말없이 보고 있으려니 왠지 그 속으로 빨려 들어갈 것만 같은 기분이 들었습니다. 그러자 옆에서 흘끔흘끔 보고 있던 새잡이가 놀란 표정으로 말했습니다.

『어라, 이거 굉장한데요. 이건 천국까지도 갈 수 있는 표로군요. 천국이 뭡니까, 어디든지 마음대로 갈 수 있는 통행권입니다. 이런 걸 가지고 계시다니, 과연. 이런 불완전한 환상 제4차 은하철도를 타고도 어디든지 갈 수 있을 테니까요. 대단한 분이신가 보군요.』

『무슨 말인지 잘 모르겠어요.』 조반니는 빨개진 얼굴로 대답하면서 그것을 도로 접어 주머니에 넣었습니다. 그리고 쑥스러워서 캄파넬라와 조반니는 다시 창밖을 바라보고 있었습니다. 하지만 새잡이가 대단하다는 듯 힐끔힐끔 이쪽을 쳐다보는 것을 어렴풋이 알 수 있었습니다.

『이제 곧 독수리 정거장이야.』 캄파넬라가 건너편 기슭에 세 개 나란히 늘어선 작고 푸르스름한 삼각표와 지도를 비교해 보면서 말했습니다.

조반니는 영문은 모르지만 갑자기 옆에 있는 새잡이가 왠지 불쌍해서 견딜 수가 없었습니다. 백로를 잡고 신 난다고 좋아했다가, 흰 천으로 그것을 둘둘 말았다가,

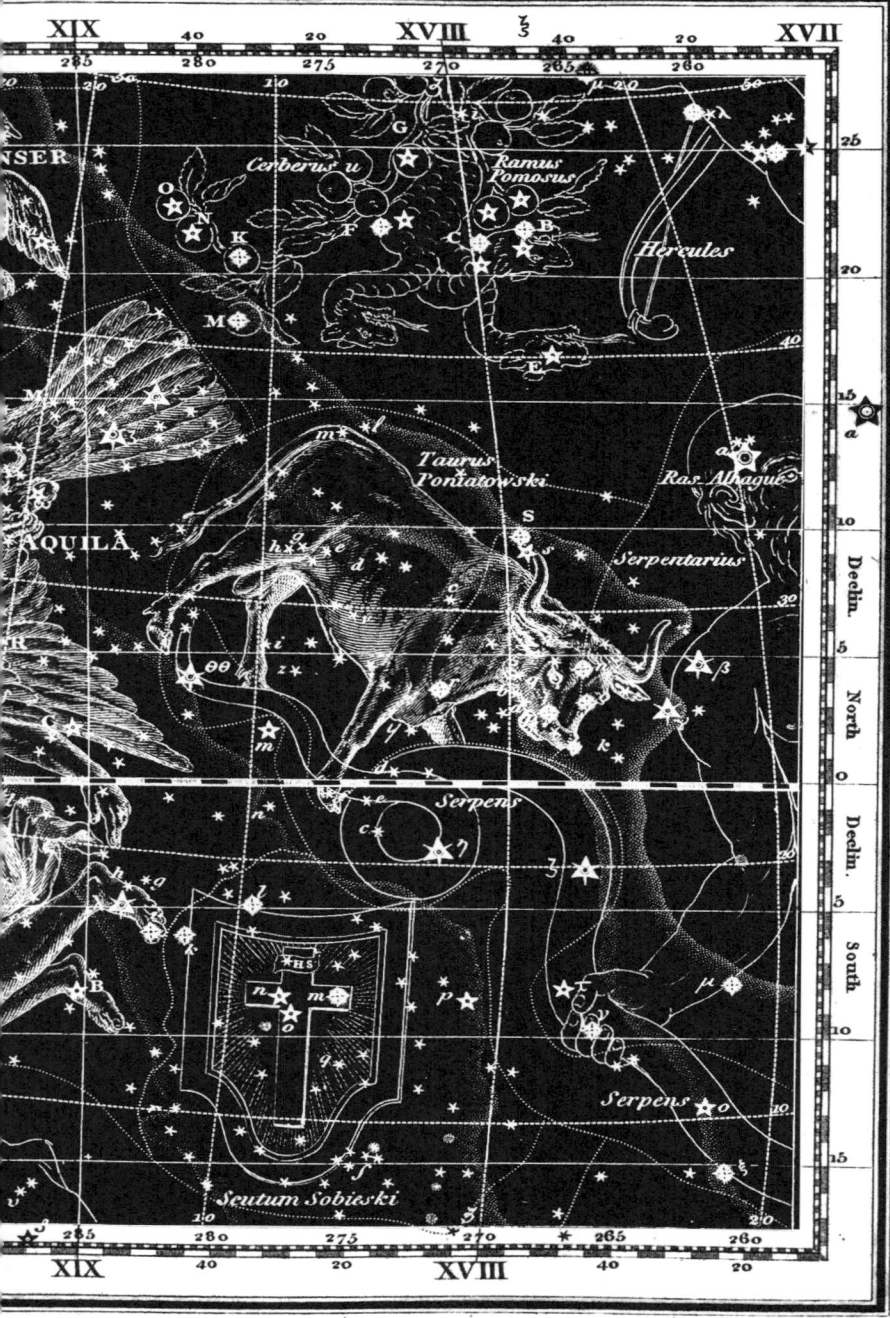

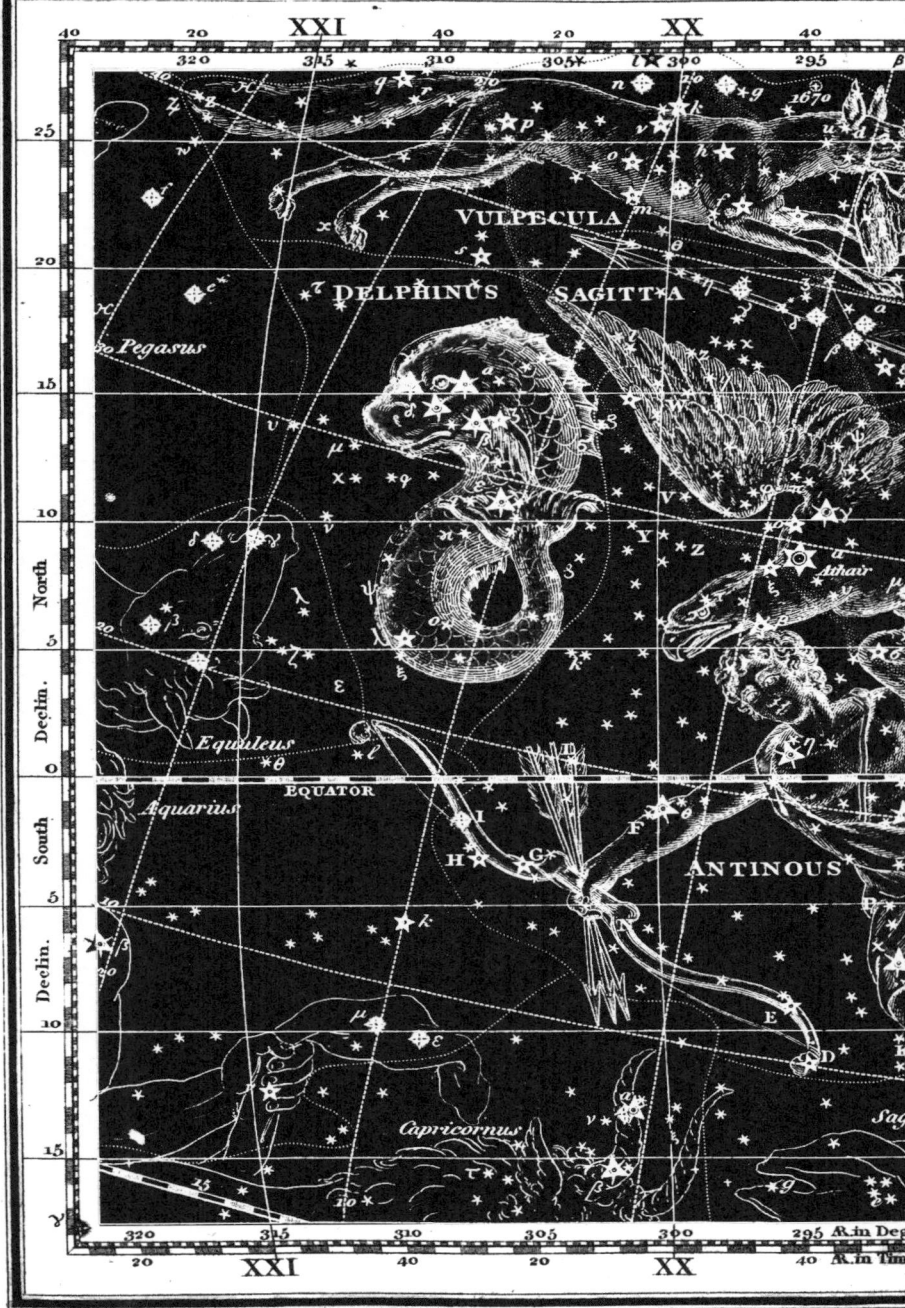

남의 표를 훔쳐보고 놀란 듯 허둥대며 칭찬하기도 했다가, 그런 일을 하나하나 생각하고 있자니 이제 처음 만난 새잡이를 위해서 조반니는 가지고 있는 것이라면 먹을 것이고 뭐고 주고 싶다、 이 사람이 진정 행복해진다면 자기가 대신 저 빛나는 하늘 강가에 백 년이라도 서서 새를 잡아 주어도 괜찮다는 기분이 들어 도무지 잠자코 있을 수가 없었습니다. 「진정으로 당신이 원하는 것은 대체 무엇인가요?」 하고 물으려 했지만, 그러면 너무 느닷없을 것 같아 어떻게 해야 하나 생각하며 돌아보았더니, 새잡이는 없었습니다. 그물선반 위 하얀 보따리도 보이지 않았습니다. 또 창밖에서 다리를 벌리고 하늘을 올려보며 백로를 잡을 준비를 하고 있지 않을까 해서 재빨리 그쪽을 쳐다보았지만, 창밖은 온통 아름다운 모래 가루와 하얀 억새 물결뿐、 새잡이의 넓은 등도 뾰족한 모자도 보이지 않았습니다.

「그 아저씨 어디로 갔을까?」 캄파넬라도 멍하니 그렇게 말했습니다.

『어딘가로 갔겠지. 대체 어디서 다시 만날까? 왜 그 아저씨와 조금 더 이야기를 하지 않았을까?』

『아, 나도 그렇게 생각하고 있었어.』

『나는 그 아저씨가 귀찮다는 생각이 들었어. 그래서 마음이 아파.』 조반니는 이런 이상한 기분은 정말로 처음이었고, 이런 말도 지금까지 한 번도 해본 적이 없었던 것 같았습니다.

『왠지 사과 향기가 나. 지금 사과를 생각하고 있어서일까?』 캄파넬라가 이상하다는 듯 주위를 둘러봤습니다. 『정말 사과 향기야. 그리고 찔레꽃 향기도 나.』 조반니도 그쪽을 보았지만 역시 그 향기는 창문으로 들어오는 것 같았습니다. 하지만 지금은 가을이니까 찔레꽃 향기가 날 리가 없다고 조반니는 생각했습니다.

그러자 갑자기 그곳에, 반들반들한 검은 머리의 여섯 살쯤 되는 남자아이가 빨간 외투 단추도 잠그지 않은 채 심하게 놀란 표정으로 덜덜 떨며 맨발로 서 있었습니다. 그 옆에는 검은 양복을 말끔하게 차려입은 키가 큰 청년이 마치 바람에 시달리는 느티나무 같은 표정으로 남자아이 손을 꼭 붙잡고 서 있었습니다.

『어라, 여기가 어디지? 와, 아름답다.』 청년 뒤에는 열두 살쯤 되는 눈동자가 갈색인 귀여운 여자아이 하나가 검은 외투를 입고 청년의 손목에 매달려 신기하다는 듯 창밖을 바라보고 있었습니다.

『아, 여기는 랭커셔구나. 아니 코네티컷 주인가? 아니야. 아, 우리들은 하늘에 온 거야. 우리들은 하늘로 가는 거야. 봐. 저건 천국의 표시잖아. 이제 아무것도 두려울 게 없어. 우리는 하나님의 부름을 받은 거니까.』 검은 옷의 청년은 기쁨에 빛나며 여자아이에게 말했습니다. 하지만 왠지 다시 이마에 깊은 주름을 새기며, 게다가 몹시 피곤한 듯 억지로 웃으면서 남자아이를 조반니 옆에 앉혔습니다.

그리고 여자아이에게 상냥한 표정으로 캄파넬라의 옆자리를 가리켰습니다. 여자아이는 얌전하게 거기에 앉아 두 손을 꼭 맞잡았습니다.

『나 누나 있는 데로 갈 거야.』 남자아이는 앉자마자 얼굴을 찡그리며 등대지기

맞은편에 막 앉은 청년에게 말했습니다. 청년은 뭐라 말할 수 없는 표정을 지으며 남자아이의 곱슬곱슬한 젖은 머리를 가만히 쳐다보았습니다. 여자아이는 갑자기 두 손을 얼굴에 대고 훌쩍훌쩍 울기 시작했습니다.

『아버님과 키쿠요 누나는 아직 해야 할 일이 많이 남아 있대. 하지만 나중에 반드시 따라오실 거야. 그보다도 어머님이 얼마나 오래 기다리고 계셨을까? 「우리 소중한 다다시는 지금 어떤 노래를 부르고 있을까? 눈 내리는 아침에 친구들과 손을 잡고 딱총나무 숲에서 뛰놀고 있겠지?」하고 걱정하며 기다리고 계실 테니까, 어서 가서 어머님을 만나자.』

『응. 그치만 나, 배에 타지 말 걸 그랬어.』

『그래. 하지만 저기를 좀 봐. 어때, 저 강 멋지지? 여름에 「트윙클 트윙클 리틀 스타」노래를 부르며 잠들 때 항상 창문 밖에서 희미하게 빛났잖아. 예쁘지? 저렇게 빛나고 있어.』

울고 있던 누나도 손수건으로 눈물을 훔치며 밖을 쳐다보았습니다. 청년은 타이르듯 살며시 남매에게 말했습니다.

『이제 슬픈 일은 아무것도 없을 거야. 우리는 이렇게 아름다운 곳을 여행하며 곧 하나님이 계신 곳으로 갈 테니까. 거기는 명랑하고 향기가 나는 사람들이 아주 많아. 그리고 우리 대신 구명보트에 탄 사람들은 전부 구조되어 걱정하며 기다리고 있을 각자의 아버지나 어머니가 계신 자기 집으로 갔을 거야. 자, 이제 얼마 안 남았으니까 기운을 내서 즐겁게 노래를 부르면서 가자.』 청년은 남자아이의 젖은 머리카락을 쓰다듬으며 위로했습니다. 그러면서 청년의 안색도 점점 밝아졌습니다.

『당신들은 어디에서 오셨습니까? 무슨 일이 있었나요?』 등대지기가 대충 알겠다는 듯 청년에게 물었습니다. 청년은 희미하게 웃었습니다.

『네, 배가 빙산에 부딪혀 가라앉았어요. 이 아이들 아버님은 급한 일로 두 달 전 한발 앞서 본국으로 귀국하셨고, 저희는 나중에 출발했습니다. 저는 대학생인데 이 아이들 가정교사로 고용되었지요. 그렇지만 출발한 지 딱 열이틀째, 오늘인가 어제쯤일 겁니다. 배가 빙산에 부딪혀서 단숨에 기울더니 가라앉기 시작한 거예요. 달빛이 희미하게 비추었지만 안개가 너무 짙었습니다. 좌현에 있던 구명보트 절반은 못 쓰게 되어서 승객 모두가 탈 수는 없었어요. 그러는 사이에도 배는 점점 가라앉았고, 저는 죽을힘을 다해 어떻게든 아이들을 태워 달라고 외쳤습니다. 주변 사람들이 모두 길을 열어 주었고 아이들을 위해 기도도 해 주었습니다. 하지만 구명보트가 있는 곳까지는 아이를 안고 있는 부모들이 헤아릴 수 없이 많아서 도저히 그들을 밀쳐 낼 용기가 나질 않더군요. 저는 무슨 수를 쓰든 이 아이들을 구하는 것이 의무라고 생각하고 앞에 있는 아이들을 밀치려 했습니다. 하지만 그렇게까지 해서 목숨을 구해 주는 것보다 이대로 모두 함께 하나님 앞으로 가는 게 아이들에게 행복이라고 생각했습니다. 한편으로는 하나님께 등을 돌리는 죄는 나 혼자 짊어지고 반드시 구해 내야 한다는 생각도 들었지만, 왠지 그럴 수가 없었어요.

아이들만 보트 안에 던져 둔 어머니들이 미친 듯이 키스를 보내고 아버지들은 슬픔을 꾹 참으며 묵묵히 서 있었거든요. 저 역시 창자가 끊어지는 것 같이 괴로워도 저히 볼 수가 없었어요. 그러는 사이에도 배는 계속 가라앉았습니다. 저는 아이들 둘을 안고서 떠 있을 만큼 떠 있자고 굳게 각오하고 배가 가라앉기를 기다렸습니다. 누가 던졌는지 구명 튜브가 하나 날아 왔지만, 빗나가서 훨씬 저쪽으로 가 버리고 말았습니다. 있는 힘을 다해 갑판 바닥을 떼어 내 우리 셋은 거기에 단단히 매달렸어요. 어디에선가 〔약 두 글자 공백〕번 찬송가가 들렸고, 그 순간 사람들이 모두 여러 나라 말로 한꺼번에 그 노래를 합창했습니다. 갑자기 커다란 소리가 나면서 우리는 물에 빠졌고, 이제 소용돌이에 빨려 드는구나 하고 생각하면서 단단히 아이들을 끌어안았는데 그리고 정신이 아득해지는가 싶더니, 어느새 이 기차를 타고 있는 겁니다. 아이들의 어머님은 재작년에 돌아가셨습니다. 네, 보트는 분명 구조되었을 겁니다. 아무튼 상당히 숙련된 선원들이 노를 저어 재빨리 배에서 멀어져 갔으니까요.』

주위에서 작은 기도 소리가 들리고 조반니와 캄파넬라는 지금까지 잊고 있던 여러 가지 것들을 멍하니 떠올리며 눈시울을 적셨습니다.

「아, 그 거대한 바다는 태평양이 아니었을까? 빙산이 떠다니는 북쪽 끝 바다에서 살을 에는 바람과 얼어붙은 바닷물과 혹독한 추위와 싸우며 누군가가 작은 배를 타고 열심히 일을 하고 있어. 나는 그런 사람들이 정말 불쌍하고 그리고 미안한 마음이 들어. 내가 어떻게 해야 그 사람들이 행복해질까?」 조반니는 울적해져서 고개를 숙였습니다.

『행복이 무엇인지는 잘 모르겠습니다. 하지만 어떤 괴로운 일이라 해도 그것이 옳은 길로 나아가는 중에 생긴 일이라면 오르막도 내리막도 진정한 행복으로 가는 한 걸음 한 걸음이겠지요.』

등대지기가 위로하며 말했습니다.

『그렇습니다. 행복에 다다르기 위해 겪어야 하는 수많은 슬픔도 모두 하나님의 뜻입니다.』

청년이 기도하듯 그렇게 대답했습니다.

그리고 남매는 지쳤는지 축 늘어져서 의자에 기댄 채 잠이 들었습니다. 아까 맨 발이었던 남자아이의 발에는 어느새 부드럽고 새하얀 신발이 신겨져 있었습니다.

덜컹덜컹, 덜컹덜컹. 기차는 눈부신 빛을 뿜는 강기슭을 달려갔습니다. 건너편 창을 보니 들판은 마치 영사기에서 나오는 불빛 같았습니다. 백, 아니 천이나 되는 크고 작은 가지각색의 삼각표가 있었습니다. 큰 삼각표 위에는 빨간 점을 박아 놓은 듯한 측량 깃발도 보이고 들판 끝은 수많은 삼각표들이 모여 뭉실뭉실 푸르스름한 안개처럼 보였으며 삼각표에서 나오는 것인지 아니면 더 멀리 어딘가에서 나오는 것인지 때때로 여러 가지 모양의 희미한 봉화 같은 것이 번갈아 가며 아름다운 보랏빛 하늘로 솟아오르고 있었습니다. 들판에 부는 투명하고 깨끗한 바람은 장미 향기로 가득했습니다.

『어떻습니까? 이런 사과는 처음이지요?』 어느새 건너편 자리의 등대지기가 황금빛과 붉은빛으로 아름답게 물든 커다란 사과를 떨어뜨리지 않게 두 손으로 무릎 위에 감싸 쥐고 있었습니다.

『우와, 어디서 따 온 겁니까? 훌륭하군요. 여기서는 이런 사과가 열리나요?』

청년은 정말로 깜짝 놀란 듯이 등대지기가 양손에 쥐고 있는 사과를 눈을 가늘게 뜨고 고개를 갸웃거리며 넋을 놓고 바라보았습니다.

『자, 하나 드셔 보세요. 하나 집어 보세요.』

청년은 사과를 하나 집어 들고 조반니와 캄파넬라 쪽을 힐끔 쳐다보았습니다.

『자, 거기 도련님들. 어떻습니까? 하나 집으세요.』

조반니는 「도련님」이라고 하는 말에 조금 기분이 상해서 잠자코 있었지만, 캄파넬라는 『고맙습니다.』하고 대답했습니다. 그러자 청년이 직접 사과를 집어서

둘에게 하나씩 건네주었기에 조반니도 일어서서 고맙다고 인사를 했습니다. 겨우 두 손이 자유로워진 등대지기는 이번에는 자고 있는 남매의 무릎에 하나씩 살짝 사과를 올려놓았습니다.

『감사합니다. 어디에서 열리는 건가요, 이런 멋진 사과는?』

청년은 뚫어져라 사과를 쳐다보면서 말했습니다.

『이 근처에서도 물론 농사를 짓기는 하지만 대부분은 아름다운 열매가 저절로 맺히기로 약속이 되어 있습니다. 그래서 농사가 그리 고생스럽지는 않지요. 원하는 씨앗을 뿌리기만 하면 알아서 척척 열리거든요. 쌀은 태평양 근처처럼 껍질이 없고 낟알이 두 배는 큰 데다 향기도 좋습니다. 하지만 당신들이 가는 곳에서는 농사를 짓지 않습니다. 과일이나 과자도 찌꺼기가 전혀 없어서 사람마다 독특하고 은은한 향기를 내며 땀구멍으로 빠져나와 버립니다.』

갑자기 남자아이가 번쩍 눈을 뜨고 말했습니다.

『나 지금 엄마 꿈을 꾸었어. 엄마는 있지, 멋진 찬장과 책이 있는 곳에 있었는데, 나를 보고 손을 내밀며 생글생글 웃었어. 엄마, 사과를 주워 줄까 하고 말했더니 눈이 떠져 버렸어. 어, 여긴 아까 그 기차잖아.』

『그 사과 여기 있어. 이 아저씨가 주신 거야.』 청년이 말했습니다.

『고맙습니다, 아저씨. 어? 가오루 누나는 아직 자고 있네? 내가 깨워야지.

누나, 이것 봐. 사과를 받았어. 일어나 봐.』

여자아이는 웃으며 눈을 뜨더니 눈이 부신 듯 두 손으로 눈을 비비며 사과를 쳐다보았습니다. 남자아이는 마치 파이를 먹는 것처럼 사과를 먹기 시작했습니다. 애써 깎은 예쁜 껍질이 돌돌 말린 코르크 마개뽑이 같은 모양이 되어 바닥에 떨어지자마자 스윽 하고 잿빛으로 빛나며 증발했습니다.

조반니와 캄파넬라는 사과를 주머니에 소중히 넣었습니다.

강 하류 건너편 기슭에 파랗게 빛나는 무성한 숲이 보이고, 나뭇가지에는 잘 익어 붉게 빛나는 둥그런 열매가 가득 달려 있었습니다. 그 숲 한가운데 높이높이 삼각표가 서 있고 숲 속에서 오케스트라 종소리와 실로폰 소리가 섞인 말할 수 없이 깨끗한 음색이 녹는 듯 스며들 듯 바람을 타고 흘러 나왔습니다.

청년은 오싹 하고 몸을 떨었습니다.

조용히 그 음악을 듣고 있으려니, 창밖으로 온통 밝은 노랑과 옅은 녹색 들판이 융단처럼 펼쳐졌습니다. 새하얀 밀랍 같은 이슬이 태양을 어루만지고 지나가는 것 같았습니다.

『와, 저기 까마귀가 있어!』 캄파넬라 옆에 앉은 가오루라는 여자아이가 소리쳤습니다.

『까마귀가 아니야. 전부 까치야.』 캄파넬라가 자기도 모르게 야단치듯 말하는 바람에 조반니도 피식 웃었고, 여자아이는 쑥스러워했습니다. 정말 강가의 푸르스름한 빛 위에 수없이 많은 검은 새들이 가만히 줄을 지어 앉아 강에서 뿜어져 나오는 희미한 빛을 쬐고 있었습니다.

『까치군요. 뒤통수 쪽에 깃털이 꼿꼿하게 뻗쳐 있으니까.』 청년이 화해라도 시키듯 말했습니다.

멀리 있던 파란 숲 속 삼각표는 이제 기차 앞으로 다가와 있었습니다. 그때 기차 뒤편에서 귀에 익은 (약 두 글자 공백) 번 찬송가 구절이 들려왔습니다. 많은 사람들이 합창하는 것 같았습니다. 청년은 홱 하고 안색이 창백해지더니, 일어나서 그쪽으로 가려고 했지만 마음을 바꾸고 다시 자리에 앉았습니다. 가오루는 손수건으로 얼굴을 가리고 말았습니다. 조반니도 왠지 코끝이 시큰해졌습니다. 하지만 언제부턴가 누구랄 것도 없이 그 노래를 따라 부르기 시작했고 점점 또렷해지고 소리도 커졌습니다. 조반니도 캄파넬라도 저도 모르게 따라 부르기 시작했습니다.

그리고 파란 감람나무 숲이 아득히 빛나며 하늘의 강 저편 보이지 않는 곳으로 점점 지나가 버리고, 거기에서 흘러나오던 부드러운 악기 소리도 이제 덜컹거리는

기차의 울림과 바람 소리에 닳아 아주 희미하게 들렸습니다.

『공작이 있어.』 조반니가 말했습니다.

『많이 있네요.』 여자아이가 대답했습니다.

조반니는 작아지고 작아져서 이제는 초록색 자개 단추처럼 보이는 숲 위에서 날개를 접었다 펼쳤다 할 때마다 깜빡깜빡 푸르스름하게 반짝거리며 빛을 발하는 공작을 보았습니다.

『그래, 아까 공작 소리도 들렸어.』 캄파넬라가 가오루에게 말했습니다.

『네, 분명 서른 마리 정도는 있었어요. 하프 소리는 전부 공작이 우는 소리였던 거예요.』 여자아이가 대답했습니다.

조반니는 별안간 말할 수 없이 슬픈 기분이 들어 자기도 모르게 『캄파넬라, 여기 내려서 놀다 가자.』 하고 말하고 싶을 정도였습니다.

바로 그때, 조반니는 하늘의 강 하류 저쪽 멀리서 이상한 것을 보았습니다. 까맣고 반들반들하고 길쭉한 것이 투명한 하늘의 강물 위를 날아가다가 몸을 구부리더니 다시 물속으로 숨었습니다. 하도 이상해서 정신을 차리고 보고 있었는데, 이번에는 훨씬 더 가까운 곳에서 나타났습니다. 여기저기에서 그 까맣고 반들반들하고 이상하게 생긴 것이 물 위로 뛰어올랐다가 다시 물속으로 머리를 처박고 사라졌습니다. 마치 물고기가 물 위로 뛰어오르는 것 같았습니다.

『어머, 저게 뭐지? 다다시, 저것 좀 봐! 정말 많다. 저건 뭘까?』

잠에서 덜 깨 눈을 비비고 있던 남자아이가 깜짝 놀라 벌떡 일어났습니다.

『뭐지?』 청년도 일어났습니다. 『이상한 물고기네. 대체 뭘까?』

『돌고래요.』 캄파넬라도 그곳을 쳐다보며 대답했습니다.

『돌고래는 처음 보는군요. 그런데 여긴 바다가 아니잖습니까?』

『바다에만 돌고래가 있는 건 아니니까요.』 캄파넬라가 대답했습니다.

돌고래가 낮게 울부짖는 신비로운 소리가 들려왔습니다.

돌고래는 지느러미를 차렷 자세처럼 몸에 붙이고 뛰어올라서는 그대로 인사를 하는 듯 머리를 숙이고 물속으로 들어갔습니다. 그러자 투명한 하늘의 강물에 물결이 일어 불꽃이 흔들리는 것처럼 빛났습니다.

『돌고래는 물고긴가요?』

여자아이가 캄파넬라에게 물었습니다. 남자아이는 피곤한 듯, 의자에 기대어 잠들어 있었습니다.

『돌고래는 물고기가 아니야. 고래처럼 포유류야.』 캄파넬라는 친절하게 대답해 주었습니다.

『고래를 본 적이 있어요?』

『응. 전에 본 적이 있어. 머리하고 까만 꼬리뿐이 못 봤지만. 물을 뿜으면 책에 있는 그림처럼 돼.』

『고래는 아주 크지요?』

『고래는 아주 크지. 돌고래도 아이들 만큼은 커.』

『맞다, 아라비안나이트에서 봤다!』 여자아이는 은반지를 만지작거리면서 재미있다는 듯 재잘댔습니다.

「캄파넬라. 난 밖으로 나갈 테야. 나도 고래를 본 적 없어.」

조반니는 샘이 났지만 입술을 꼭 깨물고 참으며 창밖을 내다보았습니다. 돌고래의 모습은 더 이상 보이지 않았습니다.

강은 두 줄기로 갈라졌습니다. 강 한가운데 떠 있는 새카만 섬에는 높고 높은 망루가 하나 서 있었습니다. 그리고 그 위에는 헐렁한 옷을 입고 빨간 모자를 쓴 남자가 하나 서 있었습니다. 그 사람은 양손에 빨갛고 파란 깃발을 들고 하늘을 올려다보며 신호를 보내고 있었습니다. 조반니가 쳐다보는 동안 계속 붉은 깃발을 흔들고 있었는데, 갑자기 빨간 깃발을 내리더니 뒤에 감추고 있었던 파란 깃발을 높이 올리고 마치 오케스트라 지휘자처럼 열렬히 흔들었습니다. 그러자 공중에 쏴아 하고비가 내리는 듯한 소리가 나더니, 뭔가 시커먼 것이 몇 덩어리나 몇 덩어리나 총알처럼 강 건너편으로 날아가는 것이었습니다.

조반니는 황급히 창밖으로 몸을 반이나 내밀고 그쪽을 쳐다보았습니다. 아름답고 아름다운 도라지색 텅 빈 하늘 아래를 몇 만 마리나 되는 작은 새들이 무리에 무리를 지어 제각기 바쁘게 울면서 날아갔습니다.

『새가 날아가는 구나.』 조반니가 창문 밖에서 말했습니다.

『어디?』 캄파넬라도 하늘을 보았습니다. 그때 저 망루 위 헐렁한 옷을 입은 남자가 갑자기 빨간 깃발을 올리고 미친 듯이 흔들어댔습니다. 그러자 새들은 멈추었습니다. 그와 동시에 끼이익 하고 뭔가 찌그러지는 소리가 강 아래쪽에서 났고, 그리고 잠시 잠잠했습니다. 하지만 잠시 후 빨간 모자 신호수가 다시 파란 깃발을 흔들며 소리쳤습니다.

『지금이야! 어서 건너가거라, 철새들아! 지금 건너가거라, 철새들아!』 목소리는 또렷하게 들렸습니다. 그러자 또 수만 마리 새 떼가 하늘을 똑바로 가로질러 날아갔습니다. 캄파넬라와 조반니가 얼굴을 내민 창문 가운데로 여자아이도 얼굴을 내밀고는 뺨에서 아름다운 빛을 내며 하늘을 올려다보았습니다.

『새가 정말 많네요. 어머, 저 예쁜 하늘 좀 보세요.』 여자아이는 조반니에게 말을 걸었지만 조반니는 버릇없다고 생각하면서 대답 없이 하늘만 쳐다보았습니다. 여자아이는 휴 하고 작게 한숨을 쉬고는 잠자코 자리로 돌아갔습니다. 캄파넬라는 가엾다는 듯 창문 안으로 머리를 들여 놓고 지도를 보았습니다.

『저 사람, 새를 길들이고 있는 건가요?』 여자아이가 캄파넬라에게 살짝 물었습니다.

『철새들에게 신호를 보내 주는 거야. 분명 어딘가에서 봉화를 올렸기 때문이겠지.』 캄파넬라는 조금 자신 없게 대답했습니다. 이윽고 기차 안은 잠잠해졌습니다. 조반니는 이제 얼굴을 들이고 싶었지만, 밝은 객실 안으로 얼굴을 내밀기가 괴로워서 묵묵히 참으며 휘파람을 불었습니다.

「어째서 나는 이렇게 슬픈 걸까? 마음가짐을 더 넓고 아름답게 해야겠어. 저기 저 기슭 너머로 마치 연기처럼 작고 푸른 불빛이 보여. 정말 고요하고 차가워. 저 걸 보면서 마음을 가라앉힐 거야.」 조반니는 달아올라 아픈 머리를 두 손으로 감싸 쥐고 그 빛을 바라보았습니다. 「아, 정말로 끝도 없이 끝도 없이 나와 함께 갈 사람은 없는 걸까? 캄파넬라도 저 여자아이하고만 재미있게 이야기하고. 정말이지 괴롭구나.」

조반니의 눈에는 눈물이 그렁그렁해져서 하늘의 강도 마치 멀어진 듯 희미하게 보일 뿐이었습니다.

그때, 기차가 점점 강에서 멀어지며 절벽 위를 지나갔습니다. 맞은편 기슭의 검고 어두운 절벽도 강을 따라 점점 높아져 갔습니다. 그리고 힐끔 커다란 옥수수 대가 보였습니다. 잎은 돌돌 말려 있었고 너무너무 아름다운 커다란 녹색 옥수수자루가 내뱉은 붉은 수염 사이로 진주 같은 열매도 살짝 보였습니다. 옥수수대의 수는 점점 많아져 이제는 줄을 짓듯 절벽과 선로 사이를 가득 메웠습니다. 무심코 조반니가 창문 안으로 얼굴을 들여 건너편 창문을 보았을 때, 아름다운 하늘 들판을 지평선 끝까지 뒤덮은 커다란 옥수수대가 바스락거리며 바람에 흔들리고, 돌돌 말린 잎 끝에는 마치 대낮에 햇빛을 듬뿍 빨아들인 다이아몬드 같은 이슬이 맺혀 빨강색 연두색으로 반짝반짝 빛나며 타오르고 있었습니다. 캄파넬라가 『저건 옥수수구나.』 하고 조반니에게 말했지만 조반니는 아무래도 기분이 내키지 않아 그저 『그런가 봐.』 하고 짧게 대답했습니다.

그때 기차가 점점 조용해지더니 몇 개인가의 신호기와 선로변환기의 불빛을 지나치고 나서 작은 역에 멈추었습니다.

정면에 서 있는 푸르스름한 시계는 정각 두 시를 가리켰고, 시계추는 바람도 없고 기차도 움직이지 않는 고요하고 고요한 들판에서 뚝딱뚝딱 정확히 시간을 새겨

나가고 있었습니다.

그리고 시계추 소리 사이로 멀고먼 들판 끝에서 희미하고 희미한 선율이 실처럼 가느다랗게 들려왔습니다. 『신세계 교향곡이네.』 여자아이가 혼잣말처럼 이쪽을 보며 그렇게 말했습니다. 기차 안에서는 검은 옷을 입은 키 큰 청년과 함께 그 모두가 아름다운 꿈을 꾸고 있었습니다.

「이렇게 조용하고 아름다운 곳에 왔는데도 왜 기분이 좋아지지 않는 거지? 어째서 나 혼자만 이렇게 괴로운 걸까? 하지만 캄파넬라도 정말 너무해. 나랑 같이 기차를 탔으면서 저 여자아이하고만 이야기를 하잖아. 나는 정말 외로워.」 조반니는 두 손으로 얼굴을 반쯤 감싸다시피 하면서 건너편 창문 밖을 바라보았습니다. 투명한 유리 피리 같은 기적 소리가 울리고 기차는 조용히 움직이기 시작했습니다. 캄파넬라도 쓸쓸히 「별자리 노래」 휘파람을 불었습니다.

『이 근처는 높은 지대라서요.』 누군가 지금 막 잠에서 깨어난 듯, 뒤쪽에서 어떤 노인이 말하는 소리가 들렸습니다.

『여기서는 옥수수도 막대기로 두 자나 구멍을 파고 씨앗을 심지 않으면 싹이 트지 않는답니다.』

『그래요? 강하고는 어지간히 멀리 떨어져 있나 보네요.』

『예. 강까지는 이천 척에서 육천 척이나 됩니다. 아주 험한 협곡이에요.』

「그래. 여기는 콜로라도 고원이 아닐까?」 문득 조반니는 그런 생각이 들었습니다. 캄파넬라는 아직 쓸쓸한 듯 혼자 휘파람을 불고 있고, 여자아이는 마치 비단으로 감싼 사과 같은 얼굴빛을 하고 조반니가 바라보는 쪽을 쳐다보고 있었습니다.

갑자기 옥수수 대가 사라지고 온통 광활한 검은 들판이 펼쳐졌습니다. 이윽고 「신세계 교향곡」이 지평선 끝에서 솟아났고, 그 시커먼 들판 가운데서 백조 깃털을 머리에 꽂고 여러 개의 돌로 팔목과 가슴을 장식한 인디언 하나가 작은 활에 화살을 메기며 쏜살같이 기차를 따라왔습니다.

『어라? 인디언이에요. 인디언. 저길 보세요.』

검은 옷을 입은 청년이 눈을 뜨고 조반니와 캄파넬라도 자리에서 일어났습니다.

『어라, 뛰어와요. 뛰어와요. 우릴 쫓아오는 거겠죠?』

『아니, 기차를 쫓아오는 게 아니야. 사냥을 하거나 춤을 추고 있는 걸 거야.』

청년은 인디언이 지금 어디에 있는지 모르겠다는 듯, 주머니에 손을 넣고 일어나면서 말했습니다.

정말 인디언은 춤을 추는 것 같았습니다. 달리면서도 박자를 맞추어 발을 디뎠기 때문에 정말로 춤을 추는 것 같았습니다. 선명하고 하얀 깃털이 앞쪽으로 쏟아질 듯하더니 인디언은 멈칫 멈춰 섰습니다. 그러더니 재빨리 화살을 하늘로 쏘았습니다. 그러자 학 한 마리가 나풀거리며 떨어지고, 인디언은 다시 달리기 시작했습니다. 그러자 학 한 마리가 나풀거리며 떨어지고, 인디언은 다시 달리기 시작했습니다. 학은 커다랗게 벌린 인디언의 품으로 떨어졌습니다. 인디언은 기쁜 듯이 일어서서 웃었습니다. 그리고 학을 안고 이쪽을 바라보는 모습이 차차 멀어져 작게 보이고, 전봇대의 뚱딴지가 번쩍번쩍 연달아 두 번 인가 빛나더니 다시 옥수수 밭이 나왔습니다. 이쪽 창을 보니 기차는 정말로 높디높은 절벽 위를 달리고 있었고, 그 계곡 바닥에는 널따란 강이 환하게 흐르고 있었습니다.

『이제 슬슬 내리막입니다. 이번에는 저 강물까지 내려가는 거라 만만하지는 않을 거예요. 이렇게 경사가 있어서 반대쪽에서는 절대로 기차가 올라오지 않습니다. 자, 점점 빨라지지요?』 아까 그 노인이 말했습니다.

자꾸만자꾸만 기차는 내려갔습니다. 기차가 절벽 끝에 다다랐을 무렵에는 밝은 강이 아래 있었습니다. 조반니의 기분도 점점 밝아졌습니다. 기차가 작은 오두막 앞을 지날 때 한 아이가 우두커니 서서 시무룩한 표정으로 이쪽을 보고 있었는데, 조반니는 저도 모르게 와아 하고 고함을 쳤습니다.

덩컹덜컹, 기차는 달렸습니다. 기차 안에 있는 사람들은 뒤쪽으로 쓰러지듯 의자에 단단히 기대어 있었습니다. 조반니는 별안간 캄파넬라와 함께 웃었습니다.

이제 하늘의 강은 지금까지보다 훨씬 세차게 기차 옆을 흐르면서 때때로 반짝반짝 빛을 냈습니다. 강가에는 발그스름한 패랭이꽃이 여기저기 피어 있었고 기차는 이제 겨우 숨을 고른 듯 차분히 달려갔습니다.

건너편과 이쪽 기슭에 별 모양과 곡괭이를 그려 넣은 깃발이 세워져 있었습니다.

『저건 무슨 깃발일까?』 조반니가 가까스로 입을 열었습니다.

『글쎄, 모르겠는데. 지도에도 없는 걸. 저기 쇠로 만든 배가 있어.』

『아!』

『다리를 놓고 있는 게 아닐까요?』 여자아이가 말했습니다.

『아아, 저건 공병대 깃발이로구나! 다리를 놓는 연습을 하고 있는 거야. 하지만 군인들 모습이 보이지 않는데?』

그때 건너편 약간 하류 쪽 기슭에서 투명한 하늘의 강물이 반짝 하고 빛나더니 기둥처럼 높이 솟구치며 쿵 하고 격렬한 소리가 났습니다.

『발파한다, 발파!』 캄파넬라는 신이 났습니다.

기둥처럼 솟아오른 물은 이내 사라지고, 하얀 배를 반짝반짝 빛내며 공중으로 솟구친 커다란 연어와 송어가 반원을 그리며 다시 물로 떨어졌습니다. 조반니는 그제야 뛰어오르고 싶을 만큼 기분이 가벼워져서 말했습니다.

『하늘의 공병대야. 어때, 송어랑 연어가 이렇게 솟아올랐어. 이렇게 재미있는 여행은 해 본 적이 없어. 기분이 너무 좋아.』

『저 송어는 가까이서 보면 아마 이 정도는 될 거야. 이 강에는 물고기가 아주 많구나.』

『작은 물고기도 있나요?』 여자아이가 이야기에 끼어들었습니다.

『있을 거야. 커다란 고기가 있으니까 작은 고기도 있겠지. 하지만 지금은 멀어서 작은 건 보이지 않아.』 조반니는 기분이 좋아져서 재미있다는 듯 웃으며 대답했습니다.

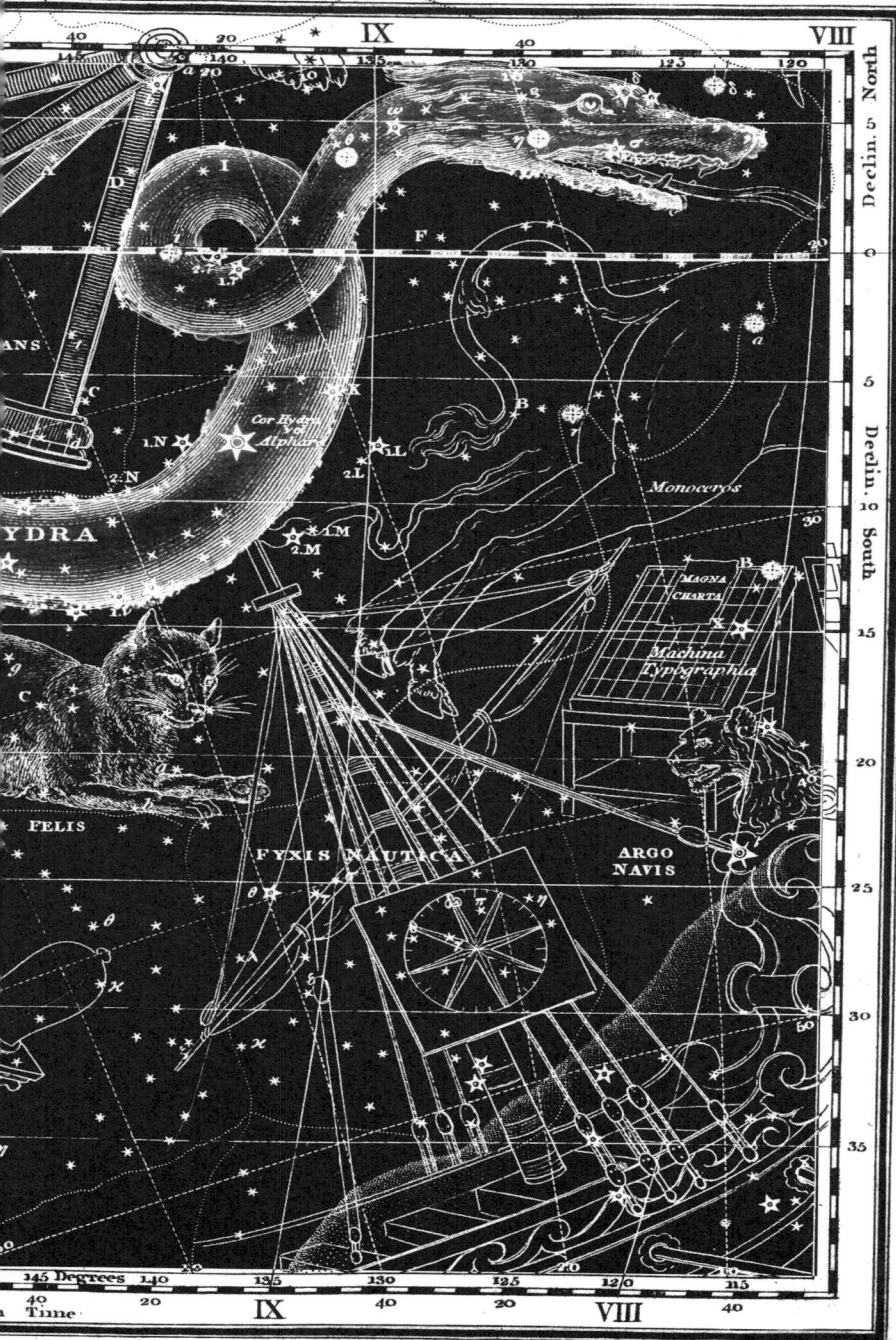

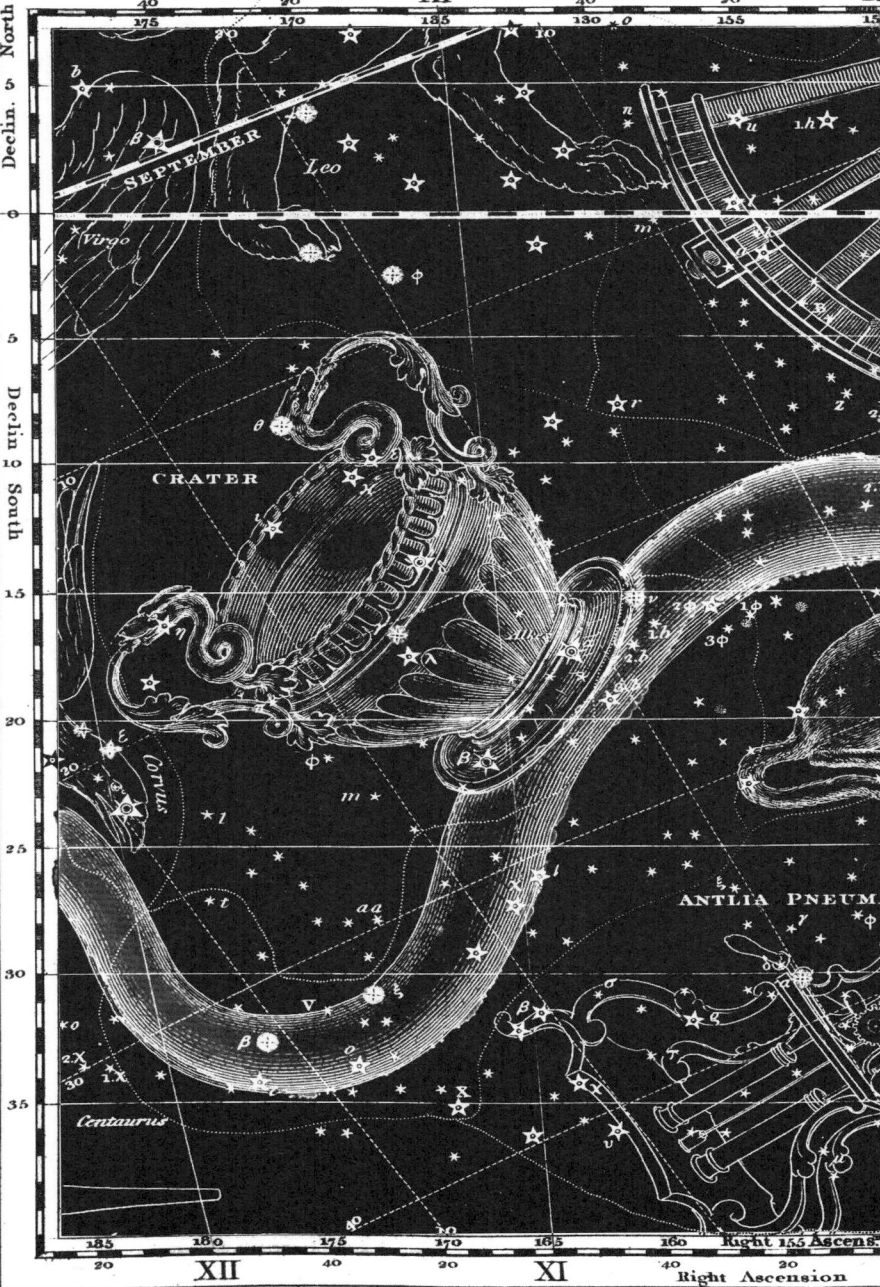

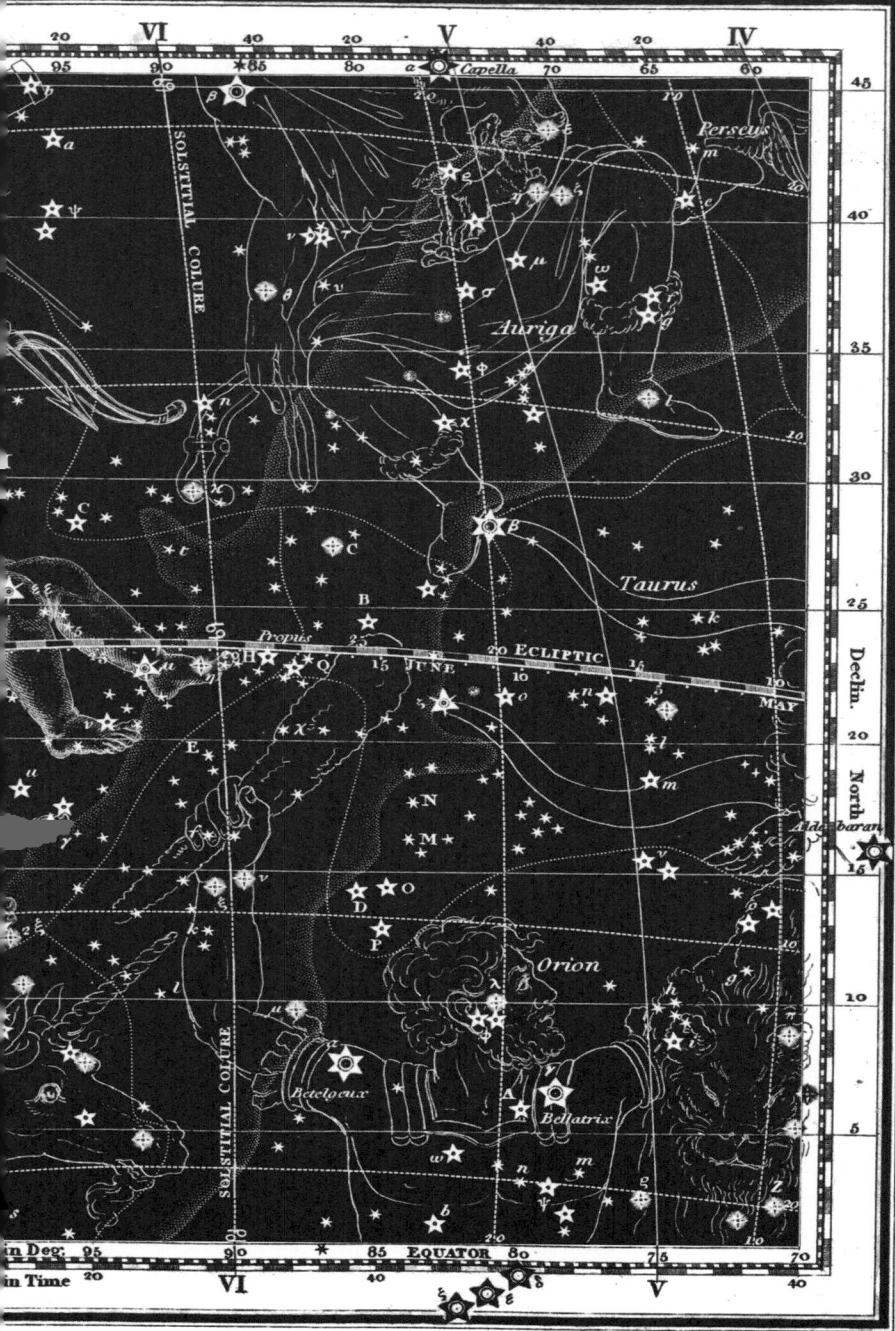

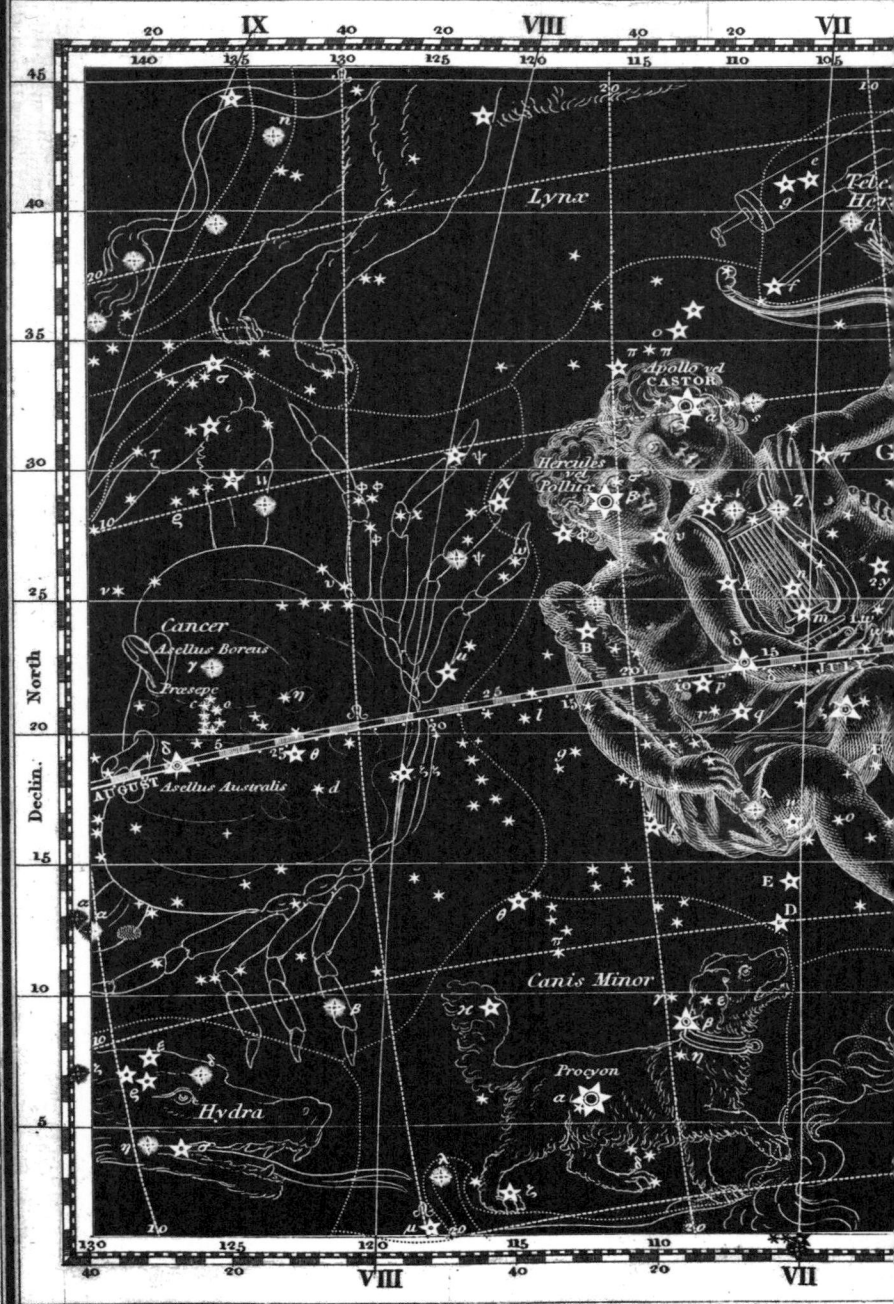

『저건 쌍둥이별님 궁전이 틀림없어!』 남자아이가 갑자기 창밖을 가리키며 외쳤습니다.

오른편 낮은 언덕 위에 작은 수정으로 만든 것 같은 궁전 두 채가 나란히 서 있었습니다.

『쌍둥이별님의 궁전이 뭐야?』 여자아이가 물었습니다.

『옛날에 엄마가 몇 번이나 말해 줬어. 작은 수정으로 만든 궁전이 두 개 나란히 있으니까 쌍둥이별님 궁전이 맞을 거야.』

『말해 봐. 쌍둥이별님이 뭘 했는데?』

『난 알아. 쌍둥이별님이 들판에 놀러 나왔다가 까마귀하고 싸웠잖아?』

『그렇지 않아. 엄마가 말했는데, 하늘의 강가에서······.』

『혜성이 획획 하고 소리를 냈지.』

『아니야, 다다시. 그게 아니야 그건 다른 이야기잖아.』

『그럼 저기서 지금 피리를 불고 있을까?』

『지금은 바다에 갔을 걸.』

『아니야, 벌써 바다에서 올라와 계실 거야.』

『그래그래, 알고 있어. 내가 말해 줄게.』

건너편 강기슭이 갑자기 붉어졌습니다. 버드나무를 비롯한 모든 것이 새까맣게 윤곽만 보이고, 투명한 하늘의 강 물결은 이따금씩 반짝반짝 달군 바늘처럼 빨갛게 빛났습니다. 건너편 강기슭에 펼쳐진 들판에서는 커다랗고 새빨간 불꽃이 타오르며 검은 연기를 뿜고 있었는데, 차가운 도라지색 높은 하늘마저 태워버릴 것만 같았습니다. 그 불은 빨간 루비보다도 투명하고 리튬보다도 아름답게, 술에 취한 듯 타오르고 있었습니다.

『저건 무슨 불일까? 저런 빨간 불꽃은 무얼 태워야 나오는 걸까?』 조반니가 말했습니다.

『저건 전갈 불이래.』 캄파넬라가 지도를 찾아보며 대답했습니다. 『전갈 불이라면 내가 알고 있어.』

『전갈 불이 뭔데?』 조반니가 물었습니다.

『전갈이 불에 타 죽은 거야. 그 불이 지금까지 타오르는 거라고 아빠가 몇 번이나 그랬어.』

『전갈은 벌레잖아.』

『응, 전갈은 벌레야. 하지만 착한 벌레지.』

『전갈은 착한 벌레가 아니야. 나, 박물관에서 알코올에 담겨 있는 걸 봤어. 꼬리에 이런 갈고리가 있어서 거기에 쏘이면 죽는다고 선생님이 그랬어.』

『그래. 그래도 착한 벌레야. 아빠가 그랬어. 옛날 발드라 들판에 전갈 한 마리가 있었는데, 작은 벌레를 먹고 살았대. 그러던 어느 날, 족제비한테 들켜서 잡아먹히게 된 거야. 전갈은 있는 힘을 다해 도망치고 또 도망쳤는데, 결국 족제비한

테거의 잡히고 말았지. 그런데 마침 앞에 우물이 있어서 그 안으로 떨어져 버렸어. 그런데 아무리 해도 기어 올라갈 수가 없는 거야. 전갈은 물에 가라앉기 시작했어. 그때 전갈은 이렇게 기도를 해. 「아, 나는 지금까지 얼마나 많은 목숨을 빼앗았던가. 그러나 족제비가 나를 잡으려 할 때 나는 그야말로 죽을힘을 다해 도망쳤어. 하지만 결국 이렇게 되어 버렸군. 아, 이제 어찌할 도리가 없어. 나는 어째서 내 몸을 족제비에게 내어 주지 않은 걸까. 그랬다면 족제비도 하루를 더 살 수 있었을 텐데. 신이시여, 제발 이런 제 마음을 알아 주세요. 이렇게 헛되게 목숨을 버리지 않도록, 부디 다음에는 모두의 진정한 행복을 위해 내 몸을 써 주세요.」 하고. 그랬더니 어느새 전갈은 자기 몸이 아름다운 불꽃이 되어 빨갛게 타올라 어두운 밤을 비추고 있는 것을 보았대. 그게 지금까지 불타고 있는 거라고 아빠가 그랬어. 저 불꽃이 바로 그거야.

『그렇구나. 봐, 저 삼각표는 꼭 전갈 모양으로 늘어서 있어.』

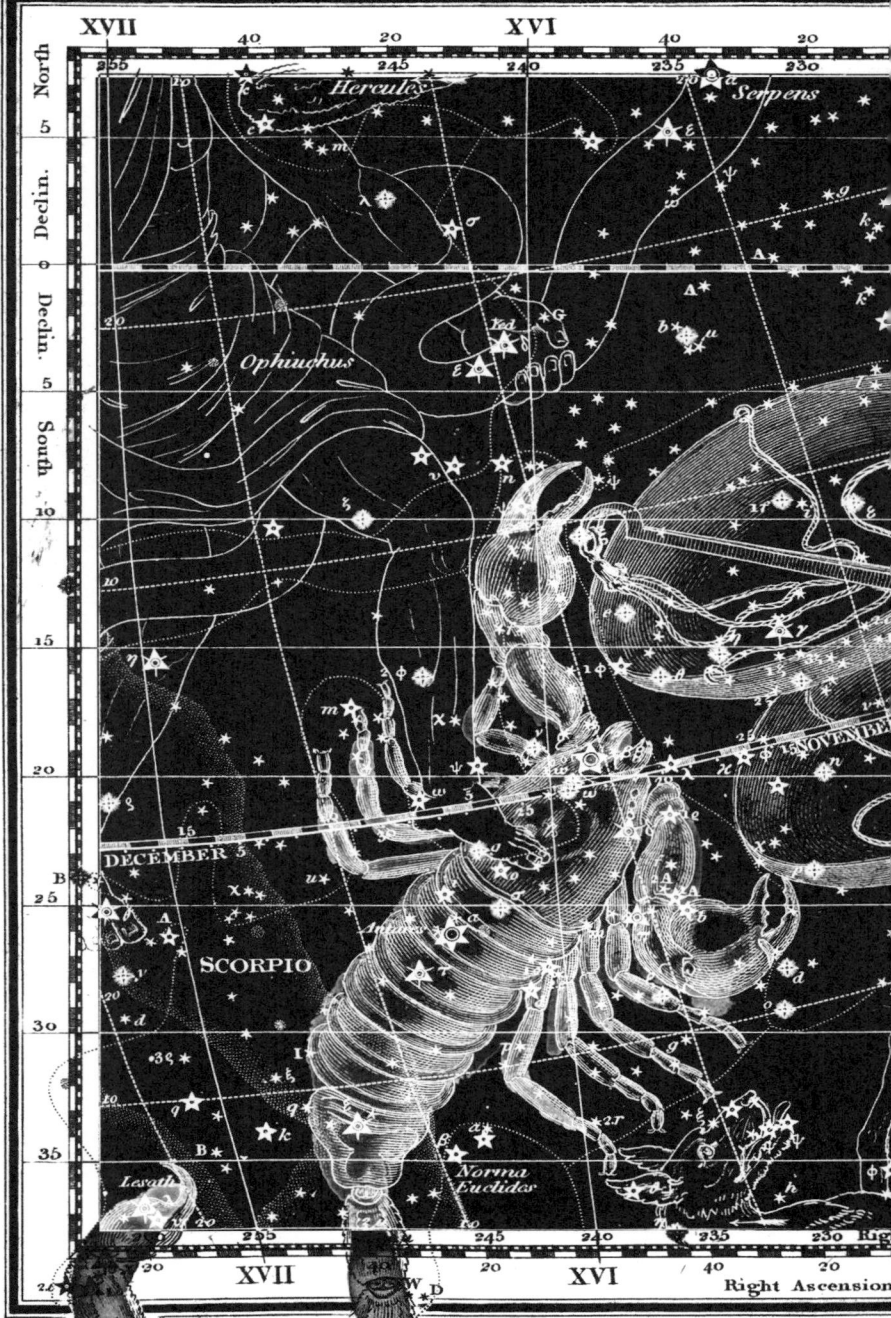

조반니 눈에는 그 커다란 불꽃 건너편 삼각표가 마치 전갈의 집게처럼, 이쪽 삼각표 다섯 개는 전갈의 꼬리와 갈고리처럼 늘어서 있는 것으로 보였습니다. 그리고 정말로 그 새빨간 전갈 불이 소리 없이 환하고 아름답게 타오르고 있었습니다.

전갈 불이 점점 뒤쪽으로 지나가자, 말할 수 없이 활기찬 음악 소리, 사람들이 와글와글 떠드는 소리가 들렸습니다. 혹시 근처에 축제가 한창인 마을 같은 것이 있는 게 아닐까 하는 생각이 들었습니다.

『켄타우루스, 이슬을 내려라.』 조반니 옆자리에서 지금까지 자고 있던 남자아이가 건너편 창을 보면서 소리쳤습니다.

거기에는 크리스마스트리처럼 새파란 가문비나무가 서 있고, 그 속에는 많고 많은 꼬마전구가 마치 반딧불 수천 마리를 모아 놓은 것처럼 켜져 있었습니다.

『그래, 오늘밤은 켄타우루스 축제구나!』

『아, 여기는 켄타우루스 마을이야.』 캄파넬라가 말했습니다.

[원고 한 장 가량 공백]

『공 던지기라면, 나 절대 놓치지 않아.』

남자아이가 으스대면서 말했습니다.

『곧 남십자역이야. 내릴 준비를 해야지.』 청년은 아이들에게 말했습니다.

『난 조금 더 기차에 있을 거야.』 남자아이가 말했습니다. 캄파넬라 옆에 있던 여자아이는 안절부절 하며 일어나 준비를 시작했지만, 역시 조반니 캄파넬라와 헤어지고 싶지 않은 것 같았습니다.

『여기서 내려야 해.』 청년은 입술을 꼭 깨물고 남자아이를 내려다보며 말했습니다.

『싫어, 좀 더 기차에 있다가 갈 거야.』

조반니가 참다못해 말했습니다.

『우리랑 함께 가자. 우리는 어디든지 갈 수 있는 차표를 가지고 있어.』

『하지만 우리는 여기서 내려야 해요. 여기가 천국으로 가는 곳이니까요.』 여자아이가 슬픈 듯이 말했습니다.

『천국 같은 데 안 가도 되잖아. 선생님이 이 세상을 천국보다 훨씬 살기 좋은 곳으로 만들어야 한댔어.』

『하지만 엄마도 거기 있잖아. 하나님도 부르셨고.』

『그 하나님은 가짜 하나님이야!』

『너의 하나님이 가짜 하나님이겠지.』

『그렇지 않아.』

『너의 하나님은 어떤 하나님이니?』 청년은 웃으며 말했습니다.

『사실은 나도 잘 몰라요. 하지만 단 하나뿐인 진정한 하나님이에요.』

『진정한 하나님은 물론 오직 하나뿐이지.』

『아, 그런 게 아니라 오직 하나뿐인 진정으로 진정한 하나님이요.』

『그러니까. 네가 지금까지 말한 진정한 하나님 앞으로 우리들이 가게 되길 기도 해야지.』 청년은 경건하게 두 손을 모았습니다. 여자아이도 그대로 따라서 했습니다. 이별이 아쉬운지 모두들 안색이 조금 창백해 보였습니다. 조반니는 하마터면 소리 내어 울 뻔했습니다.

『자, 그럼 이제 준비는 됐니? 곧 남십자역이야.』

그때였습니다. 투명한 하늘의 강 저 아래로 파랑, 주황, 그리고 온갖 색으로 반짝이는 십자가가 마치 한 그루 나무처럼 강 한가운데 서서 빛을 내뿜고, 그 위에는 푸르스름하게 빛나는 구름이 둥근 고리 모양으로 걸려 있었습니다. 기차 안은 웅성거렸습니다. 모두 북십자역에서처럼 똑바로 일어서서 기도하기 시작했습니다. 여기저기에서 아이가 참외에 달려들 때처럼 기뻐하는 소리, 그리고 말할 수 없이 깊고 경건한 한숨 소리가 들렸습니다. 십자가는 점점 창문 쪽으로 다가왔습니다. 사과 속살 같이 파르스름한 구름 고리가 천천히 천천히 돌고 있는 것이 보였습니다.

『할룰레야, 할룰레야.』 명랑하고 즐거운 사람들의 목소리가 울려 퍼졌고, 하늘

저 멀리서, 차가운 하늘 저 멀리서 형언할 수 없이 투명하고 상쾌한 나팔 소리가 들렸습니다. 그리고 수많은 신호기와 전등 불빛 속을, 기차는 점점 속도를 줄이며 움직이다가 십자가 바로 앞에 와서는 완전히 멈추었습니다.

『이만 내리겠습니다.』 청년은 남자아이의 손을 잡고 천천히 출구 쪽으로 걸어갔습니다.

『그럼, 안녕히 계세요.』 여자아이가 돌아서서 조반니와 캄파넬라에게 작별인사를 했습니다.

『잘 가.』 조반니는 눈물이 날 것 같았지만 일부러 무뚝뚝하게 대답했습니다. 여자아이는 무척이나 아쉬운 듯 눈을 크게 뜨고 다시 한 번 뒤를 돌아보았고, 그러고 나서는 말없이 나가 버렸습니다. 이미 기차 안은 거의 비었습니다.

갑자기 텅 비어 쓸쓸해진 객실에 바람만 가득 불어 들어왔습니다.

창밖을 보니 사람들이 모두 줄을 지어 십자가 앞쪽 하늘의 강가에 경건하게 무릎

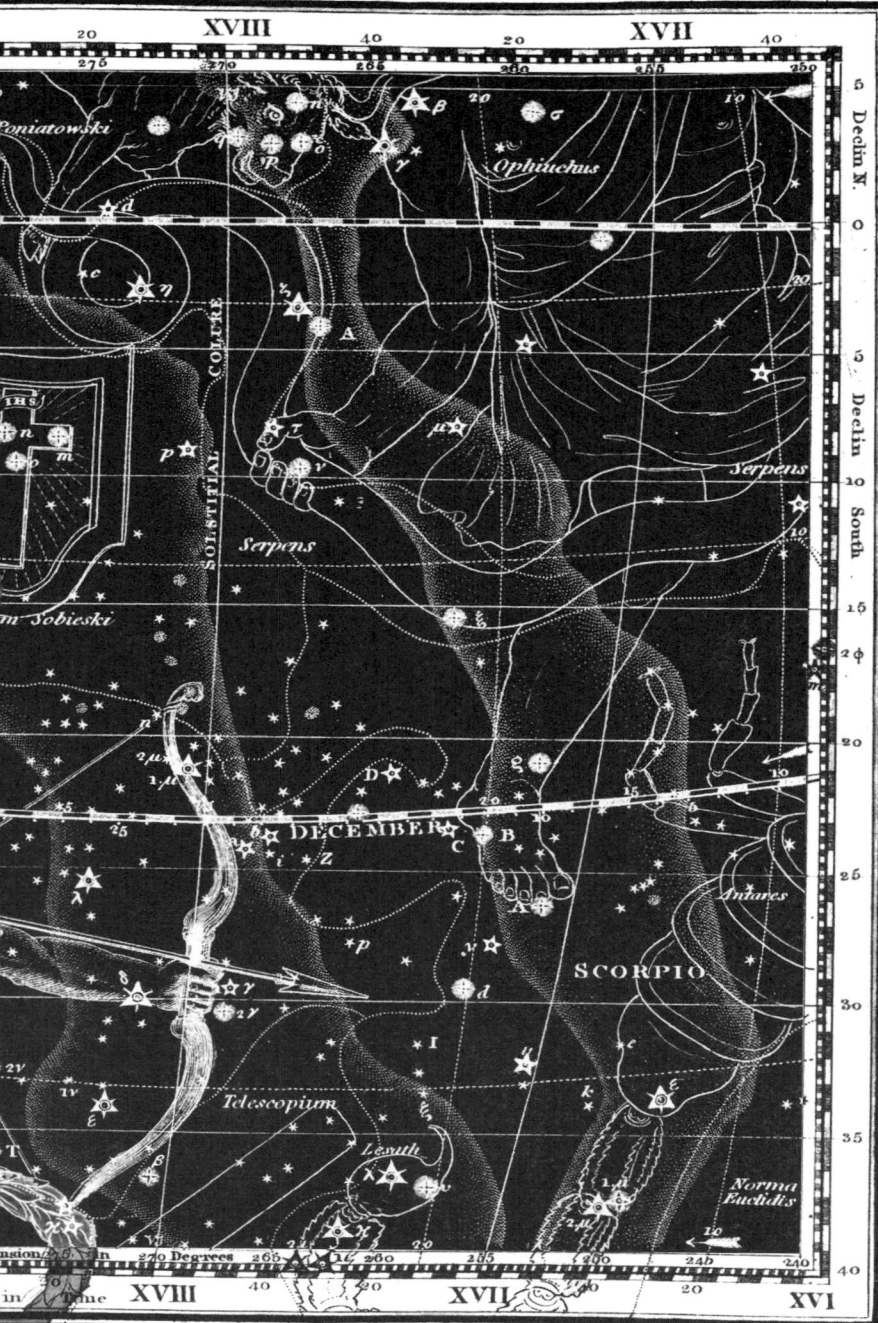

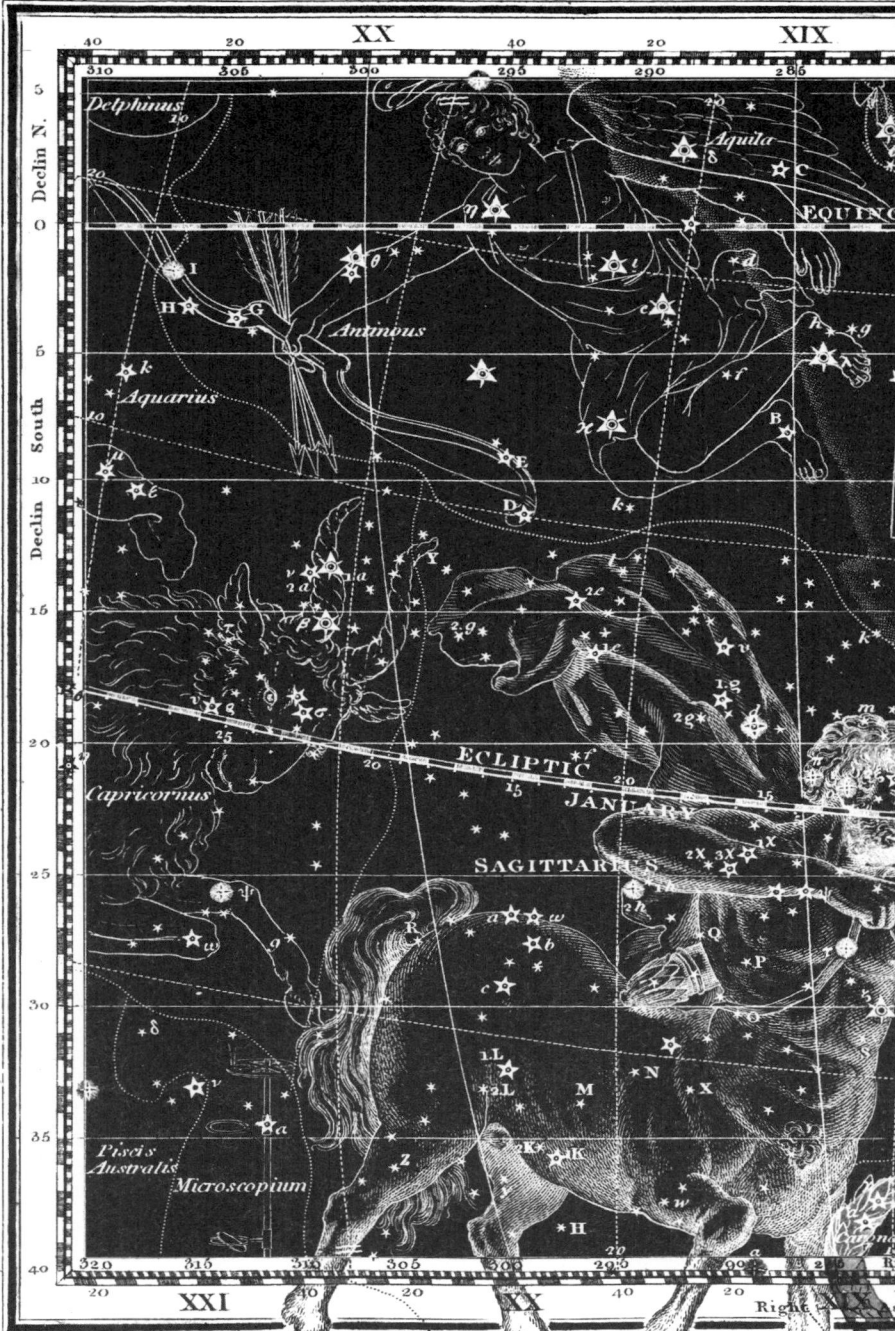

을 뚫고 있었습니다. 그리고 성스러운 하얀 옷을 입은 사람이 손을 내밀며 투명한 하늘의 강을 건너오는 것을 조반니와 캄파넬라는 보았습니다. 하지만 그때는 이미 기적이 울리고 난 다음이라 기차가 서서히 움직이는가 싶더니 은빛 안개가 강 하류 쪽에서 흘러 나와 그쪽은 이제 더 이상 아무것도 보이지 않았습니다. 그저 수없이 많은 호두나무가 안개 속에서 잎을 찬란하게 빛냈고 황금빛 전기 다람쥐가 귀여운 둥근 얼굴을 얼핏얼핏 내보일 뿐이었습니다.

그때 스윽 안개가 걷히기 시작했습니다. 어딘가로 가는 길인 듯 길가에 작은 전등이 일렬로 켜져 있었습니다. 전등은 얼마간 선로를 따라 이어졌습니다. 그리고 조반니와 캄파넬라가 전등 앞을 지나갈 때는, 그 작은 연두색 불이 마치 인사라도 하는 것처럼 확 꺼졌다가 지나가면 또 켜졌습니다.

뒤를 돌아보니 십자가는 완전히 작아져서 그대로 가슴에도 달 수 있을 정도가 되었고, 여자아이와 청년이 십자가 앞 하얀 물가에 아직 무릎을 꿇고 있는지, 아니면 어딘지 알 수는 없지만 천국으로 갔는지 희미해서 보이지가 않았습니다.

조반니는 아, 하고 깊게 한숨을 쉬었습니다.

『캄파넬라, 또 우리 둘만 남았어. 끝까지 함께 가자. 나는 이제 저 전갈처럼 다른 사람의 진정한 행복을 위해서라면 내 몸 같은 건 백 번 불에 타도 상관없어.』

『응. 나도 그래.』 캄파넬라의 눈에는 맑은 눈물이 맺혀 있었습니다.

『그런데 진정한 행복이란 대체 뭘까?』 조반니가 말했습니다.

『나도 몰라.』 캄파넬라가 힘없이 대답했습니다.

『우리 끝까지 함께 가는 거다.』 가슴 가득 새로운 힘이 솟는 듯 조반니가 후우 숨을 내뱉으며 말했습니다,

『아, 저기 석탄자루다! 하늘에 뚫린 구멍이야!』 캄파넬라는 그쪽을 피하는 듯하며 하늘의 강을 가리켰습니다. 조반니는 그쪽을 보고 움찔했습니다. 하늘의 강 한곳에 커다랗게 시커먼 구멍이 뻥 뚫려 있는 것이었습니다. 그 바닥이 얼마나

깊은지, 또 그 속에 무엇이 있는지 아무리 눈을 비비고 바라보아도 아무것도 보이지 않고 단지 눈이 시큰시큰 아플 뿐이었습니다. 조반니는 말했습니다.

『나는 이제 저런 거대한 어둠 속이라 해도 무섭지 않아. 반드시 진정한 행복을 찾으러 갈 거야. 끝없이 어디까지라도 우리 함께 가자.』

『그래. 꼭 가자. 아, 저 들판은 어쩜 저렇게도 예쁠까? 다들 모여 있어. 저기가 진짜 천국이야. 아, 저기에 우리 엄마가 있어!』 갑자기 캄파넬라가 창문 멀리 보이는 아름다운 들판을 가리키며 소리쳤습니다.

조반니도 그쪽을 쳐다보았지만 그저 희끄무레하게 흐리기만 할 뿐, 도저히 캄파넬라가 말한 것처럼은 보이지 않았습니다. 조반니는 뭐라 표현할 수 없이 쓸쓸한 기분이 들어 멍하니 그쪽을 바라보고 있었는데, 건너편 강기슭에 전봇대 두 개가 마치 양쪽에서 팔짱을 낀 것처럼 붉은 가로대로 이어져 있었습니다.

『캄파넬라, 우리 함께 가자.』 조반니가 이렇게 말하면서 뒤돌아보았더니 지금까지 캄파넬라가 앉아 있던 자리에는 검은 융단만 빛나고 있을 뿐, 캄파넬라의 모습은 더 이상 보이지 않았습니다. 조반니는 벌떡 일어났습니다. 그리고 누구에게도 들리지 않도록 창밖으로 몸을 내밀어 큰 소리로 외치며 힘껏 가슴을 쳤습니다. 조반니는 목 놓아 울기 시작했습니다. 하늘이 갑자기 시커멓게 보였습니다.

*

조반니는 눈을 떴습니다. 언덕 수풀 속에, 조반니는 지쳐 잠들어 있었던 것입니다. 가슴은 이상하리만치 뜨거웠고 뺨에는 차가운 눈물이 흐르고 있었습니다. 조반니는 용수철처럼 벌떡 일어났습니다. 눈 아래 펼쳐진 마을에는 아까와 마찬가지로 많은 등불이 빛나고 있었지만, 불빛은 왠지 아까보다 더 따뜻해 보였습니다. 그리고 방금 전까지 꿈속에서 여행하던 하늘의 강역시 아까와 마찬가지로 여전히 희미하게 하늘에 걸려 있었습니다. 새까만 남쪽 지평선과 맞닿은 하늘이 희뿌옇게 빛나 도드라져 보였고 그 오른쪽에는 전갈자리 빨간 별이 아름답게 반짝였습니다. 별들의 위치도 그렇게 많이 달라지지는 않은 것 같았습니다.

조반니는 언덕을 곧장 뛰어 내려갔습니다. 아직 저녁을 먹지 않고 기다리고 있을 엄마가 가슴 가득 떠올랐습니다. 검은 소나무 숲을 지나고 희끄무레한 목장 울타리를 돌아 아까 들어갔던 입구를 통해 컴컴한 외양간 앞으로 갔습니다. 누군가가 지금 막 돌아온 듯, 아까는 없었던 수레에 우유병이 두 개 실려 있었습니다.

『안녕하세요.』 조반니는 크게 인사를 했습니다.

『안녕.』 하얗고 두꺼운 바지를 입은 사람이 나왔습니다.

『무슨 일이니?』

『오늘 우리 집에 우유가 오지 않아서요.』

『아, 미안하구나.』 그 사람은 안으로 들어가서 금세 우유병을 하나 가지고 오더니 조반니에게 건네며 이렇게 말했습니다.

『정말 미안하구나. 오늘 점심 때 깜빡 하고 울타리를 열어 놓았는데, 송아지가 후다닥 어미한테 가서 우유를 반이나 먹어 버렸지 뭐냐.』 그 사람은 웃었습니다.

『그래요? 그럼 지금 받아 갈게요.』

『여기 있다. 미안하구나.』

『아니에요.』

조반니는 아직 따뜻한 우유병을 두 손바닥으로 감싸 들고 목장 울타리를 빠져나왔습니다.

그리고 나무가 늘어선 마을을 지나 큰길을 한참 동안 걸으니 사거리가 나왔습니다. 오른쪽 길 저쪽에, 캄파넬라와 아이들이 하늘타리 등불을 띄우러 간다던 강에 걸린 커다란 다리 위로 망루가 희미하게 빛을 내며 서 있었습니다.

하지만 사거리 길모퉁이와 가게 앞에 여자들 예닐곱 명이 모여 다리 쪽을 보면서 뭔가 수군수군 이야기를 하고 있었습니다. 다리 위는 등불로 가득했습니다.

조반니는 왠지 횡하고 가슴이 서늘해지는 것 같았습니다. 그래서 근처에 있는 사람들에게 『무슨 일이라도 있나요?』하고 다그치듯 물었습니다.

『아이가 물에 빠졌어.』 누군가가 대답하자 사람들이 일제히 조반니를 쳐다보았습니다. 조반니는 정신없이 다리 쪽으로 뛰어갔습니다. 다리 위에는 사람들로 북적여 강이 보이지 않았습니다. 흰 옷을 입는 경찰관도 나와 있었습니다.

조반니는 다리 위에서 강가 넓은 모래밭으로 뛰어내렸습니다.

물가를 따라 수많은 등불이 분주하게 오르락내리락했고 어두운 건너편 둑에도 불빛 일고여덟 개가 움직이고 있었습니다. 그 한가운데를 이제 하늘타리 등불도 없는 잿빛 강이 조용히 흐르고 있었습니다.

제일 하류 쪽 모래톱에 검고 또렷한 사람 그림자가 모여 있었습니다. 조반니는 얼른 그쪽으로 달려갔습니다. 그리고 조금 전까지 캄파넬라와 함께 있던 마르소와 마주쳤습니다. 마르소는 조반니를 보자마자 달려왔습니다.

『조반니, 캄파넬라가 강에 빠졌어.』

『왜? 언제?』

『자넬리가 있잖아, 배 위에서 하늘타리 등불을 물이 흐르는 쪽으로 밀어 주려고 했는데, 배가 흔들려서 물에 빠졌어. 그래서 캄파넬라가 곧바로 뛰어들어 자넬리를 배 쪽으로 밀어 보냈어. 자넬리는 뱃사공이 잡아 줬는데, 나중에 보니까 캄파넬라가 없는 거야.』

『다들 찾고 있는 거지?』

『그게, 사람들이 곧바로 왔어. 캄파넬라 아빠도 왔고. 그런데 아직 못 찾았어. 자넬리는 집으로 데려갔고.』

조반니는 사람들이 모여 있는 쪽으로 갔습니다. 아이들과 마을 사람들에게 둘러싸인 창백하고 턱이 뾰족한 캄파넬라 아빠가 검은 옷을 입고 똑바로 서서 오른손에 쥔 시계를 가만히 바라보고 있었습니다.

사람들은 모두 가만히 강을 쳐다보고 있었습니다. 누구 하나 말을 하는 사람이 없었습니다. 조반니는 다리가 덜덜덜 떨렸습니다. 고기 잡을 때 쓰는 아세틸렌 램프가 여러 개 바삐 오가고 반짝반짝 잔물결을 일으키며 흐르는 검은 강물이 보였습니다.

하류 쪽에는 하늘의 강이 강물에 비쳐, 마치 강에 물이 없는 듯, 강이 그대로 하늘인 듯 보였습니다.

캄파넬라가 저 하늘의 강 멀리에 있는 것 같이 느껴져 조반니는 견딜 수가 없었습니다.

하지만 아직도 사람들은 어디선가 캄파넬라가 물결을 헤치고 『나 너무 오래 헤엄쳤어.』하고 말하며 나오거나, 아니면 어딘가 아무도 모르는 모래톱에라도 올라가 누군가가 구하러 오기를 기다리고 있을 것 같다는 생각에 안절부절못하는 것 같앉았습니다. 하지만 그때 캄파넬라 아빠가 단호하게 말했습니다.

『이제 틀렸습니다. 물에 빠지고 45분이나 지났으니까요.』

조반니는 저도 모르게 캄파넬라 아빠 앞으로 달려가서 『캄파넬라가 어디로 갔는지 저는 알아요. 저는 캄파넬라와 함께 여행을 했어요.』하고 말하려 했지만, 너무 목이 메어 아무 말도 하지 못했습니다. 그러자 캄파넬라 아빠는 조반니가 인사라도 하러 왔다고 생각했는지 잠시 조반니를 찬찬히 바라보았습니다.

『조반니였구나. 오늘 밤 와 주어 고맙다.』하고 부드럽게 말했습니다.

조반니는 아무 말도 못 하고서 그저 인사만 했습니다.

『아버지는 돌아오셨니?』 캄파넬라 아빠는 시계를 꼭 쥔 채 말했습니다.

『아뇨.』 조반니는 힘없이 고개를 저었습니다.

『어떻게 된 거지? 나한테는 그저께 아주 반가운 소식이 왔는데. 오늘쯤이면 벌써 도착할 때가 된 것 같은데. 배가 늦어지나 보구나. 조반니, 내일 방과 후에 친구들하고 우리 집에 놀러 오거라.』

그렇게 말하면서 캄파넬라 아빠는 은하수가 가득 비치는 강 아래쪽으로 가만히 눈길을 돌렸습니다.

조반니는 이런저런 생각에 가슴이 북받쳐 올라 아무 말도 못 하고서 캄파넬라 아빠 곁을 떠났습니다. 어서 엄마에게 우유를 가져다주고, 아빠가 곧 돌아온다는 소식도 전해 줘야겠다고 생각하며 뒤도 돌아보지 않고 마을 쪽을 향해 뛰어갔습니다.

(끝)

별자리 및 기타 설명

은하수 銀河水 Milky Way

은하수는 그 어원을 따져 보면 이러하다. 제우스가 인간 여인과 바람을 피워 태어난 아들 헤라클레스를 하늘로 데려와 아내인 헤라 Hera 여신이 잘 때 몰래 젖을 물린다. 하지만 헤라클레스는 갓난아기임에도 힘이 장사였던지라 어찌나 젖을 세게 빨았는지 헤라는 깜짝 놀라 깨어나고, 낯선 아이가 젖을 물고 있는 것을 보고는 밀쳐내게 된다. 이때 뿜어져 나온 젖이 하늘에 흐른 자국이 은하수이다.

해달 가죽 외투

본문 중에 조반니의 아버지에 대한 설명은 없으나 동물 표본을 학교에 기증한 점으로 보아 사냥꾼인 것 같고, 밀렵을 한 죄로 감옥에 수감 중인 것으로 생각된다. 마을 어른들은 이 사실을 모두 알고 있고 일부 아이들도 어렴풋이 인지하고 있는 것 같다.

천기륜 天氣輪

일본 도호쿠東北 지방의 절이나 신사 근처에 세워진 석조 혹은 목조 기둥 형태의 구조물로, 몸체에 바퀴가 달려 있어 날씨나 길흉 등을 점치는 용도로 쓰였다. 이와 테 지방의 척박한 자연환경과 기상현상을 중요하게 생각하는 향토색을 표현하고 있다.

삼각표 三角標

삼각측량을 위해 일본 각지에 세워진 삼각뿔 모양의 구조물로, 이 소설에서는 별과 별자리를 뜻하는 것으로 생각된다. 이에 대해서는 아직도 많은 미야자와 겐지 학자들의 의견이 분분한 실정이다.

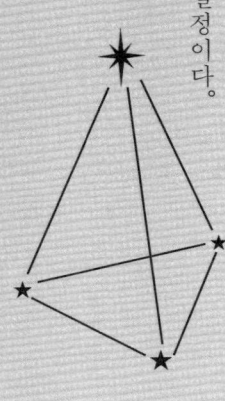

백조자리 Cygnus

북반구 은하수 위에 날개를 펼친 커다란 새 모양으로 그려지는 별자리로 남반구의 남십자성南十字星에 대응하여 북십자성北十字星으로도 불린다. 꼬리 쪽의 별인 데네브Deneb가 가장 밝고 유명하며, 부리 쪽 별인 알비레오Albireo는 황색과 청색 별 두 개가 겹쳐 보이는 이중성二重星이다. 제우스가 바람을 피우러 갈 때 질투의 여신이자 아내인 헤라의 눈을 피하기 위해 백조의 모습을 한 것이라 전해진다.

독수리자리 Aquila

북반구에서 여름철에 볼 수 있는 역사 깊은 오래된 별자리로 알타이르Altair 별이 가장 밝게 보인다. 독수리는 제우스의 전령으로 구름과 번개를 만들어내는 능력을 지녔다. 가니메데스Ganymedes라는 미소년 양치기를 신들의 시종으로 납치한 공로로 별자리가 되었으며, 독수리자리는 이때의 모습으로 그려지곤 한다.

전갈자리 Scorpius

남반구 별자리로 그 위치로 계절을 가늠하는 별자리인 황도 12궁 중 하나이다. 긴 꼬리와 좌우로 벌린 집게 모양을 하고 있으며 몸통 심장부의 붉은 별 안타레스 Antares가 가장 밝게 빛난다. 신화에 따르면 오리온Orion이 하늘에서 말썽을 피우자 헤라 여신이 전갈을 풀어 놓은 것인데, 오리온은 전갈을 피해 아직도 도망을 다니고 있다고 한다. 실제로 오리온자리와 전갈자리는 하늘 반대편에 있기 때문에 전갈자리가 떠오르면 오리온자리는 지고, 전갈자리가 지면 오리온자리가 떠오른다.

쌍둥이자리 Gemini

북반구 겨울을 대표하는 별자리인 쌍둥이자리는 황도 12궁 중 하나이다. 쌍둥이 형제 카스토르Castor와 폴룩스Pollux 중 카스토르만이 신과 같은 불사의 능력을 얻었는데, 이를 안타깝게 여긴 카스토르가 폴룩스에게 불사의 능력 절반을 떼어 주고 그 대신 하루의 반은 하늘 위에서 신과 함께 지내고 나머지 반은 땅 위에서 인간과 함께 지낸다는 신화가 전해진다.

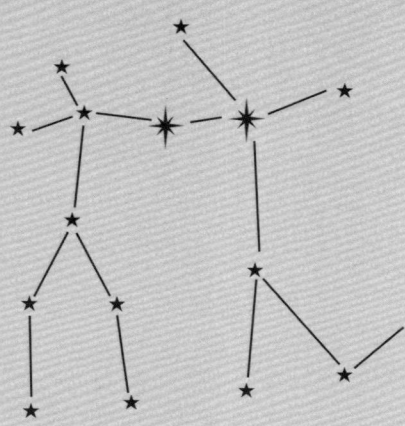

켄타우루스자리 Centaurus

초여름 별자리지만 우리나라에서는 절반밖에 보이지 않아 그리 친숙한 별자리는 아니다. 켄타우루스는 상반신은 인간, 하반신은 말의 모습을 한 반인반마 半人半馬로 그려지며 이성과 본능을 동시에 지닌 우리 인간을 표현한 것이라고 한다. 켄타우루스자리는 궁수자리로도 불리는데 전갈자리를 향해 활을 겨누고 있는 형상으로 그려진다. 이는 전갈이 너무 설치지 못하도록 하라는 명령을 받았기 때문이라고 전해진다.

석탄자루 Coalsack Dark Nebula

「석탄자루 암흑성운」을 말하며 흔히 「석탄자루」로 줄여서 부른다. 켄타우루스자리와 남십자성 근처에 있는 암흑성운으로, 별빛을 통과시키지 않기 때문에 검게 보인다. 육안으로 관찰할 수 있는 암흑성운 중 가장 뚜렷하다.

남십자자성 Crux

켄타우루스의 발밑에 있는 남반구의 대표적인 별자리로 은하수 한가운데 있지만 주변에 밝은 별이 없어 찾기는 어렵지 않다. 북반구의 북두칠성과 마찬가지로 밤하늘의 남쪽을 알려주기 때문에 고대의 선원들에게는 나침반과 같은 존재였고 남십자성을 보며 안전한 항해를 기원했다고 한다.

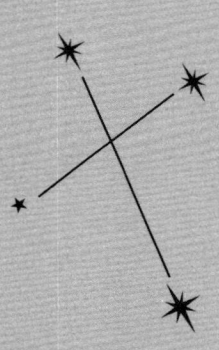

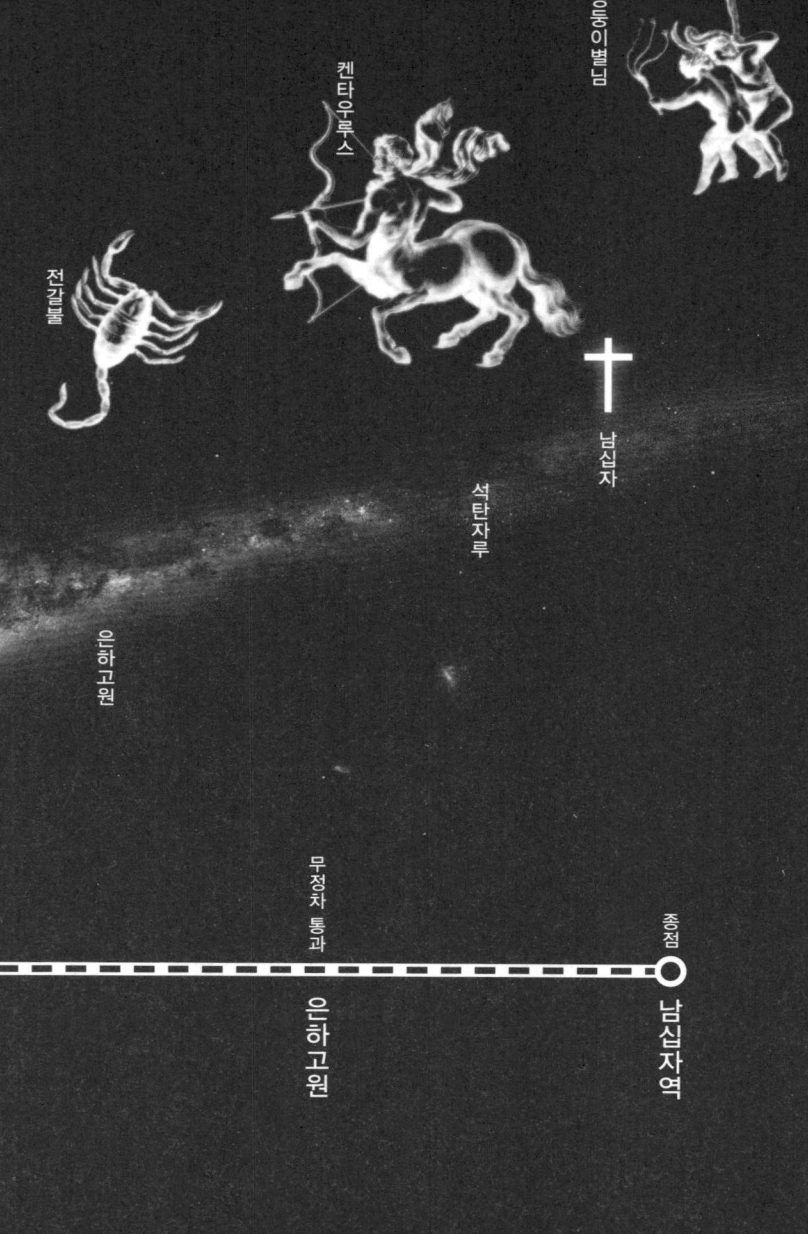

별자리 노래

붉은 눈의 전갈
독수리의 활짝 편 날개
푸른 눈의 강아지
빛의 뱀이 틀 따라
오리온은 소리 높이 외치며
이슬과 서리를 내리네
안드로메다의 구름은
물고기 주둥이 모양
어미 곰 발 아래로
다섯 개 별이 늘어선 곳
작은 곰 머리 위는
별자리 여행의 목적지

백조

북십자

독수리

기점   은하역 ─○─── 백조역 ─○─── 독수리역 ─○─── 작은 정거장

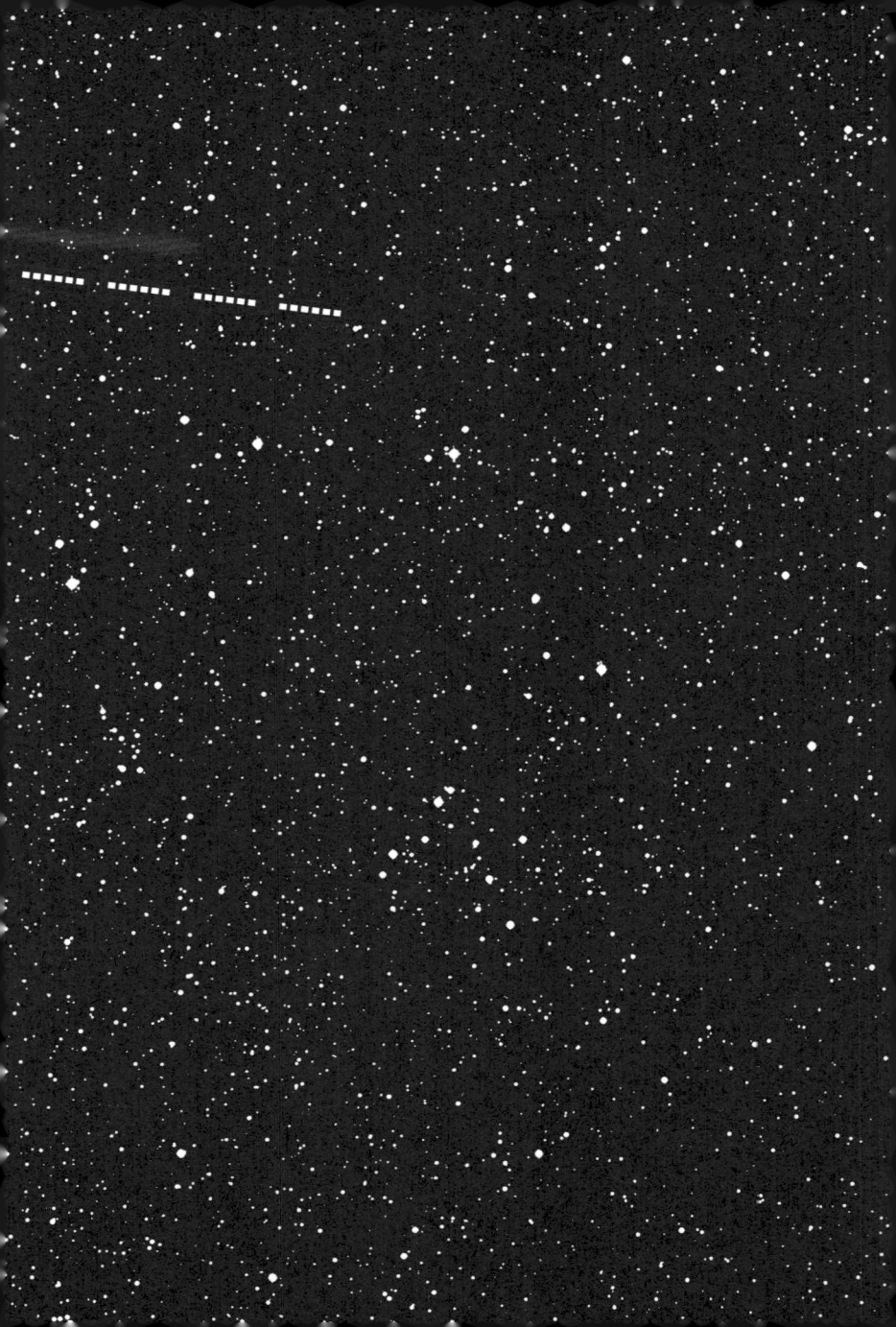

고양이 사무소

어느 작은 관공서에 관한 환상

고양이 사무소

경편철도 정거장 근처에, 고양이 제6사무소가 있었습니다. 주로 고양이의 역사와 지리를 조사하는 곳이었습니다.

사무소 서기는 모두 짧고 검은 비단옷을 입었고, 게다가 모든 고양이들에게 대단히 존경을 받았기 때문에 뭔가 사정이 있어서 그만두는 고양이가 있으면 그 근처 젊은 고양이들은 너도나도 그 뒤로 들어가고 싶어 발을 동동 굴렀습니다.

그렇지만 이 사무소 서기 수는 언제나 딱 네 마리로 정해져 있기 때문에, 그 많은 고양이들 중에 가장 글씨를 잘 쓰고 시를 잘 읽을 수 있는 고양이가 고작 한 마리 뽑힐 뿐이었습니다.

사무장은 커다란 검은 고양이인데 조금 노망이 들긴 했지만 그 눈을 보자면, 누런 구리선을 감아 놓은 것처럼 무게가 있는 실로 멋진 눈이었습니다.

그리고 그 부하,

1번 서기는 하얀 고양이였습니다.
2번 서기는 얼룩 고양이였습니다.
3번 서기는 점박 고양이였습니다.
4번 서기는 부뚜막 고양이였습니다.

부뚜막 고양이라는 건, 그건 태어날 때부터 그런 게 아닙니다. 날 때부터 그랬다면 무슨 고양이라고 하든 상관없겠지만 밤에 부뚜막 안에 들어가서 자는 버릇이 있기 때문에 몸이 언제나 그을음으로 지저분하고 특히 코와 귀에는 새카맣게 재가 묻어 있는, 어딘가 너구리를 닮은 고양이를 말하는 것입니다.

그래서 부뚜막 고양이는 다른 고양이들에게 미움을 샀습니다.

그런데 이 사무소에서는 부뚜막 고양이 따위가 아무리 공부를 잘한다 해도 도저히 서기 같은 걸 할 수 없을 텐데, 일단 사무장부터가 검은 고양이였기 때문에 흔 마리 고양이 가운데서 부뚜막 고양이가 서기로 뽑힐 수 있었던 것입니다.

커다란 사무소 한가운데 사무장 검은 고양이가 새빨간 천을 덮은 책상을 두고 굿하게 앉아 있고, 그 오른쪽에 1번 하얀 고양이와 3번 점박 고양이가, 그 왼쪽에 2번 얼룩 고양이와 4번 부뚜막 고양이가 각자 작은 책상을 앞에 두고 단정히 의자에 앉아 있었습니다.

그런데 고양이에게 지리니 역사니 하는 게 무슨 쓸모냐 하면, 뭐, 이런 식입니다.

사무소 문을 똑똑 두드리는 고양이가 있습니다.

『들어와.』 사무장 검은 고양이가 주머니에 손을 넣고 몸을 뒤로 젖힌 채 소리칩니다.

서기 고양이 네 마리는 고개를 숙인 채 바쁜 듯 장부를 찾아보고 있습니다.

부자 고양이가 들어옵니다.

『무슨 일이야.』 사무장이 말합니다.

『빙하 쥐를 먹으러 베링 지방에 가고 싶은데, 어디가 가장 좋은가?』

『음, 1번 서기. 빙하 쥐의 산지를 말해 봐.』

1번 서기는 커다란 파란 표지 장부를 펼치고 대답합니다.

『우스테라고메나, 노바스카이야. 후사 하류 지역입니다.』

사무장은 부자 고양이에게 말합니다.

『우스테라고메나, 노바…… 뭐라고 했지?』

『노바스카이야.』 1번 서기와 부자 고양이가 함께 말합니다.

『그래, 노바스카이야, 그리고 뭐?』

『후사 강.』 이번에도 부자 고양이와 1번 서기가 함께 말했기에, 사무장은 약간 무안해합니다.

『그래그래, 후사 강. 뭐, 그 근처가 좋겠지.』

『그런데 여행에 관한 주의사항은 뭐가 있나?』

『음, 2번 서기. 베링 지방을 여행할 때 주의해야 할 사항을 말해 봐.』

『예.』 2번 서기는 자기 장부를 펼칩니다. 『여름 고양이는 전혀 여행에 적합하지 않음.』 하고 말하고, 무슨 영문인지 이번엔 모두 부뚜막 고양이 쪽을 힐끔 쳐다봅니다.

『겨울 고양이 역시 세심한 주의를 요함. 하코다테 부근, 말고기 미끼에 낚일 위험이 있음. 특히 검은 고양이는 충분히 고양이임을 표시하면서 여행하지 아니하면 왕왕 검은 여우로 오인되어 본격적인 추적 대상이 되는 경우가 있음.』

『좋아, 방금 말한 대로야. 그쪽은 나처럼 검은 고양이가 아니니까 뭐, 큰 걱정은 없겠지. 하코다테에서 말고기를 조심하는 정도면.』

『그렇군, 그런데, 그쪽 실세는 어떤 고양이지?』

『3번 서기, 베링 지방 실세 이름을 대 봐.』

『예, 음, 베링 지방이라, 네, 토바스키, 겐조스키, 둘입니다.』

『토바스키와 겐조스키라면 어떤 녀석들인가?』

『4번 서기, 토바스키와 겐조스키에 대해 간단히 말해 봐.』

『네.』

4번 서기 부뚜막 고양이는 이미 커다란 장부에서 토바스키와 겐조스키 항목에 짧은 손을 한쪽씩 집어넣고 대기하고 있습니다. 그래서 사무장도 부자 고양이도 매우 감탄한 모양입니다.

그러나 다른 세 마리 서기 고양이는 마치 깔보는 것처럼 곁눈질을 하면서, 헤헤 하고 웃고 있습니다. 부뚜막 고양이는 열심히 장부를 읽어 줍니다.

『토바스키, 대장, 덕망 있음. 눈빛 부리부리하나 말투 약간 느림. 겐조스키, 부자, 말투 약간 느리나 눈빛 부리부리.』

『아, 그거면 됐어. 고마워.』

부자 고양이는 나갑니다.

대충 이러한 모양새로, 고양이에게는 편리한 것이었습니다. 그런데 지금 이야기로부터 꼭 반년 남짓 지났을 무렵, 결국 제6사무소는 문을 닫고 말았습니다. 아무튼 위와 같은 이유로, 이미 여러분도 짐작하셨겠지만, 4번 서기 부뚜막 고양이는 세 마리 상사 고양이에게 대단히 미움을 받고 있었고, 특히 3번 서기 점박 고양이는 부뚜막 고양이가 하는 일을 자기가 해 보고 싶어서 견딜 수가 없었습니다. 부뚜막 고양이는 어떻게든 다른 고양이에게 잘 보이려고 여러 가지로 궁리를 했으나, 도무지 사정은 나아지지 않았습니다.

예를 들면, 어느 날 얼룩 고양이가 점심을 먹으려고 도시락을 책상 위에 꺼냈을 때, 갑자기 하품이 쏟아졌습니다.

그래서 얼룩 고양이는, 짧은 양손을 있는 대로 높이 뻗어 아주 큰 하품을 했습니다. 그건 고양이들 사이에서는 윗고양이에게 무례하거나 그런 게 아니고, 사람으로 치면 수염을 꼬는 것 정도니까 그건 상관이 없지만, 딱하게도 다리를 쭉 뻗었기 때문에 책상이 약간 기울어지더니, 도시락 통이 스르르 미끄러져 쿠당탕 하고 사무장 앞 마룻바닥에 떨어져 버린 것입니다. 도시락은 찌그러지긴 했지만 알루미늄으로 되어 있어서 다행히 깨지진 않았습니다. 그래서 얼룩 고양이는 급히 하품을 멈추고 책상 위에서 손을 뻗어 도시락을 주우려 했지만, 겨우 손이 닿을락 말락 한 위치여서 도시락 통은 이쪽저쪽으로 왔다 갔다, 좀처럼 집을 수가 없었습니다.

『자네, 소용없어. 안 닿잖나.』하고 사무장 검은 고양이가 우물우물 빵을 먹으며 웃음을 띠고 말했습니다. 그때 4번 서기 부뚜막 고양이도 마침 도시락 뚜껑을 연 참이라, 그 광경을 보고 재빨리 일어나 도시락을 주워 얼룩 고양이에게 건네려고 했습니다. 하지만 얼룩 고양이는 갑자기 크게 화를 내며 애써 부뚜막 고양이가 내민 도시락도 받지 않고, 손을 뒤로 감춘 채 몸을 부들부들 떨며 소리쳤습니다.

『뭐야, 넌 나더러 이 도시락을 먹으라는 거야? 책상에서 마룻바닥으로 떨어진 도시락을 나더러 먹으라는 거야?』

『아뇨. 주우려고 하시기에, 주워 드린 것뿐이에요.』

『언제 내가 주우려고 했어, 응? 나는 단지 그게 사무장님 앞에 떨어져서 너무나 큰 실례라 내 책상 밑으로 밀어 넣으려고 했던 거라구.』

『그런가요? 저는 또, 너무 도시락이 여기저기 왔다 갔다 하기에…….』

『뭐야! 이 무례한…… 결투를…….』

『짤랑짤랑, 짤랑짤랑.』 사무장이 크게 소리를 냈습니다. 이것은 결투하자는 말을 하지 못하도록 일부러 방해를 한 것입니다.

『여봐, 싸움은 그만둬. 부뚜막 고양이도 자네한테 먹으라고 힘들게 주운 거 아닐 거야. 그리고 오늘 아침 말한다는 걸 깜빡했는데, 자네 월급이 십 원 올랐어.』

얼룩 고양이는 처음에는 사나운 표정을 지으면서 고개를 숙인 채 듣고 있었지만,

결국, 기뻐서 웃기 시작했습니다.

『소란을 피워서 송구합니다.』 그러고 나서 옆자리 부뚜막 고양이를 힐끗 쳐다보고 자리에 앉았습니다.

여러분. 저는 부뚜막 고양이가 가엾습니다.

그리고 다시 대엿새 지나서 이와 거의 비슷한 일이 일어났습니다. 이런 일이 종종 일어나는 이유는, 하나는 고양이들의 매정한 성격 때문이고, 또 하나는 고양이 앞발, 다시 말해 팔이 너무나 짧기 때문입니다. 이번에는 맞은편 3번 서기 점박 고양이가 아침 업무를 시작하기 전, 붓이 데굴데굴 굴러서 툭, 하고 바닥에 떨어졌습니다. 점박 고양이는 곧장 일어서면 될 것을, 몹시 고민하다가 요전에 얼룩 고양이가 했던 대로 양손을 책상 너머로 뻗어 붓을 주우려고 했습니다. 이번에도 역시 닿지가 않습니다. 더구나 점박 고양이는 키가 작았기 때문에 점점 책상 위로 올라타다가 급기야 다리가 의자에서 떨어지고 말았습니다. 부뚜막 고양이는 주워 줄까 말까 하다가 이전 일도 있고 해서 잠시 망설이며 눈을 껌뻑거리고 있었습니다만, 결국 보고만 있기가 딱해 자리에서 일어났습니다.

그런데 마침 그때, 점박 고양이가 책상 위로 너무 올라간 탓에, 콰당 하고 거꾸로 세게 머리를 찧으며 책상에서 떨어졌습니다. 그 소리가 상당히 컸기 때문에 사무장 검은 고양이도 깜짝 놀라 일어나더니 뒤에 있는 선반에서 구급약인 암모니아수 병을 집어 들었습니다. 하지만 점박 고양이는 곧바로 일어나 짜증을 내며 느닷없이, 『부뚜막 고양이, 네 녀석이 잘도 나를 밀어 넘어뜨렸겠다!』 하고 소리를 질렀습니다.

하지만 이번에는 사무장이 바로 점박 고양이를 달랬습니다.

『아닐세, 얼룩 고양이. 그건 자네 잘못이야. 부뚜막 고양이는 호의를 가지고 조금 일어난 것뿐이야. 자네를 건드리지도 않았다구. 하지만 뭐, 이런 작은 일은, 항상 있잖나. 자, 음, 산톤탄의 이주신청서하고⋯⋯ 음⋯⋯.』 사무장은 후다닥 일을 시작했습니다. 그래서 점박 고양이도 어쩔 수 없이 일을 시작했으나, 아니나 다를까 때때로 사나운 눈초리로 부뚜막 고양이를 쳐다보았습니다.

이런 형편이라 부뚜막 고양이는 정말로 괴로웠습니다.

부뚜막 고양이는 평범한 고양이가 되려고 몇 번이나 창밖에서 자 보았지만, 아무리 해도 밤중에 추워서 재채기가 나와 견딜 수가 없어, 역시나 어쩔 수 없이 다시 부뚜막 안으로 들어갔습니다.

왜 그렇게 추운가 하면 거죽이 얇기 때문이고, 왜 거죽이 얇은가 하면 그건 여름에 태어났기 때문입니다. 「역시 내 잘못이야, 어쩔 수가 없구나.」하고 부뚜막 고양이는 생각하며 동그란 눈에 눈물을 하나 가득 글썽였습니다.

「그렇지만 사무장님께서 저렇게 친절하게 대해 주시고, 게다가 부뚜막 고양이 친구들 모두 내가 사무소에 있는 것을 그렇게 명예롭게 생각하고 기뻐하는데, 아무리 괴로워도 나는 그만두지 않을 거야, 반드시 버틸 거야.」하고 생각하며 부뚜막 고양이는 울면서, 주먹을 꼭 쥐었습니다.

그런데, 그 사무장도 믿을 수가 없었습니다. 그게, 고양이라는 동물은 영리한 것 같으면서도 멍청한 동물입니다. 언젠가 부뚜막 고양이는 불행히도 감기에 걸려 밥목이 밥그릇처럼 부었고, 도저히 걸을 수가 없어서 결국 하루를 쉬고 말았습니다. 부뚜막 고양이가 발버둥을 쳤지만 소용이 없었습니다. 울고, 울고, 울었습니다. 헛간 작은 창으로 쏟아져 들어오는 노란 빛을 바라보면서 하루 온종일 눈을 비비며 울고 있었습니다.

그 사이, 사무소는 이러했습니다.

『글쎄……. 오늘은 부뚜막 고양이가 아직이군. 늦는데.』하고 사무장은 일하는 사이사이 말했습니다.

『에이, 바닷가에라도 놀러 갔겠지요.』하얀 고양이가 말했습니다.

『아아니요오, 어디 잔칫집에라도 초대를 받은 거겠지요.』얼룩 고양이가 말했습니다.

『오늘 어디서 잔치가 있나?』 사무장이 깜짝 놀라 물었습니다. 고양이 잔치에 자기를 부르지 않을 리가 없다고 생각한 것입니다.

『어디 북쪽에서 개교식이 있다고 했나 그랬어요.』

『그런가?』 검은 고양이는 말없이 생각에 잠겼습니다.

『어이쿠, 저런. 부뚜막 고양이는······.』 점박 고양이가 말하기 시작했습니다.

『요즘 여기저기 불려 다니고 있대요. 이번에는 기어이 자기가 사무장이 될 거라는 둥 떠벌인다고 그러던데요. 그래서 멍청한 녀석들이 무서워서 있는 대로 비위를 맞추는 거라고.』

『정말인가? 그게?』 검은 고양이는 호통을 쳤습니다.

『정말이구 말구요. 물어보세요.』 점박 고양이가 입을 삐죽거리며 말했습니다.

『괘씸한 놈. 내가 그렇게 잘해 줬건만. 좋아. 나한테도 다 생각이 있지.』

그렇게 해서 사무소는 잠시 잠잠해졌습니다.

그리고 다음 날입니다.

부뚜막 고양이는 겨우 다리의 붓기가 빠져 기뻐하며 아침 일찍 횡횡 부는 바람 속을 뚫고 사무소에 나왔습니다. 그러자 언제나 출근하자마자 표지를 매만질 정도로 소중히 여기는 장부가 책상 위에서 사라지고, 맞은편 나란히 늘어선 책상 셋에 나뉘어져 있었습니다.

『아, 어제는 바빴나 보구나.』 부뚜막 고양이는 왠지 가슴을 두근거리며 잠긴 목소리로 혼잣말을 했습니다.

철컥. 문이 열리고 점박 고양이가 들어왔습니다.

『안녕하세요.』 부뚜막 고양이는 일어서서 인사를 했지만 점박 고양이는 말없이 자리에 앉았고, 그 뒤로는 너무나도 바쁜 듯이 장부를 뒤적거리기만 했습니다. 철컥, 끼익. 얼룩 고양이가 들어왔습니다.

『안녕하세요.』 부뚜막 고양이가 일어나서 인사를 했지만 얼룩 고양이는 눈길도 주지 않았습니다.

『안녕하세요.』 점박 고양이가 말했습니다.

『좋은 아침. 바람이 아주 매섭군요.』 얼룩 고양이도 바로 장부를 뒤적거리기 시작했습니다.

철컥, 끼익. 하얀 고양이가 들어왔습니다.

『안녕하세요.』 얼룩 고양이와 점박 고양이가 함께 인사를 했습니다.

『여어, 안녕하세요. 바람이 거세네요.』 하얀 고양이도 바쁜 듯이 일을 시작했습니다. 역시 부뚜막 고양이는 맥없이 일어나 조용히 목례를 했으나, 하얀 고양이는 전혀 모른 척합니다.

철컥. 끼익.

『휴, 바람이 꽤 심한데.』 사무장 검은 고양이가 들어왔습니다.

『안녕하세요.』 셋은 재빨리 일어나 인사를 했습니다. 부뚜막 고양이도 멍하니 서서 눈을 내리깔고 인사를 했습니다.

『완전히 폭풍이로군, 음.』 검은 고양이는 부뚜막 고양이를 거들떠보지도 않은 채 그리 말하고는 바로 일을 시작했습니다.

『자, 오늘은 어제에 이어 암모니아츠쿠 형제를 조사해서 답신을 해야 해. 2번 서기, 암모니아츠쿠 형제 중에, 남극에 간 게 누구지?』 일이 시작되었습니다. 부뚜막 고양이는 잠자코 고개를 숙이고 있었습니다. 장부가 없기 때문입니다. 그걸 어떻게든 말하고 싶어도, 이제 목소리가 나오지 않습니다.

『판, 폴라리스입니다.』 얼룩 고양이가 대답했습니다.

『좋아, 판, 폴라리스에 대해 자세히 말해 봐.』 하고 검은 고양이가 말합니다.

「아, 이건 내 일인데. 내 장부, 내 장부!」 하고 생각하면서 부뚜막 고양이는 울음을 터뜨릴 것 같았습니다.

『판, 폴라리스, 남극 탐험에서 돌아오는 길, 아프 섬 앞바다에서 사망. 유해는 수장함.』

1번 서기 하얀 고양이가, 부뚜막 고양이의 장부를 읽고 있습니다. 부뚜막 고양이는 그야말로 슬프고 슬퍼서, 뺨 언저리가 시큰해져서, 그래서 끼잉 하고 소리가 날 것 같았지만 꾹 참으며 바닥을 쳐다보고 있었습니다.

사무소 안은 점점 정신없이 바빠지고 일은 척척 진행되었습니다. 모두 정말 가끔, 힐끔 이쪽을 쳐다볼 뿐 단 한 마디도 하지 않습니다.

그리고 점심시간이 되었습니다. 부뚜막 고양이는 가져온 도시락도 먹지 않고 계속 무릎에 손을 얹고 고개를 숙인 채로 있었습니다.

결국 점심시간이 지난 한 시부터, 부뚜막 고양이는 훌쩍훌쩍 울기 시작했습니다.

다. 그리고 저녁까지 세 시간쯤 울다가 그쳤다가 다시 울다가를 되풀이했습니다.

그런데도 다른 고양이들은 모두 그런 건 내 알 바 아니라는 듯이 재미있게 일을 하고 있었습니다.

그때였습니다. 고양이들은 눈치 채지 못했으나 사무장 뒤쪽 창문 밖에 근엄한 사자의 금색 머리가 보였습니다.

사자는 이상하다는 듯 잠시 안을 들여다 보고 있었습니다만, 느닷없이 문을 박차고 들어왔습니다. 고양이들이 깜짝 놀란 것은 말할 필요도 없습니다. 허둥지둥 우왕좌왕할 뿐입니다. 부뚜막 고양이만이 울음을 멈추고 꼿꼿이 일어섰습니다.

사자가 크고 단호한 목소리로 말했습니다.

『너희들 무슨 짓을 하는 게냐? 이래서는 지리니 역사니 필요 없을 터. 다 그만 둬. 해산을 명한다!』

그리하여 제6사무소는 문을 닫게 되었습니다.

저는 사자 말에 어느 정도 동감합니다.

(끝)

일러두기

이 작품은 작가의 대표작 중 하나로 꼽히며 작가가 활동한 이와테 지방의 자연과 정서를 그대로 담고 있는 향토색 짙은 작품이다. 마타사부로는 이와테 지방에서 모시는 바람의 신으로 매년 불어오는 태풍을 작은 꼬마로 의인화하여 자연현상에 대한 두려움을 가진 농민들에게 조금이나마 위안을 주려고 했다. 작품 중에 등장하는 지명 「우에노하라」는 산꼭대기에 있는 평평한 초원을 말하는데 여기서는 이를 그대로 표기하였으며, 마타사부로가 전학 온 시기를 두고 원작에서는 「二百十日」(니햐쿠토카 : 입춘으로부터 이백십 일째 되는 날로 태풍이 상륙하는 일이 잦다)라고 하였으나 여기서는 「태풍이 불어오는 계절」로 고쳐 표현하였다. 역시 자필 원고 중 공백으로 남아 있거나 판독이 불가능한 부분은 〔〕로 처리하였다.

바람의 마타사부로

9월 1일

횡 휘잉 휘이이잉
달콤한 석류도 날려 버려라
시큼한 모과도 날려 버려라
횡 휘잉 휘이이잉

골짜기 시냇물 기슭에 자그마한 학교가 있었습니다. 교실은 딱 하나였지만 3학년만 학생이 없을 뿐, 나머지 1학년부터 6학년까지는 모두 있었습니다. 운동장은 테니스코트만 했지만, 바로 뒤는 밤나무와 풀이 무성한 산이었고 운동장 한구석에 포롱포롱 차가운 물이 솟아나는 바위샘도 있었습니다.

상쾌한 9월 1일 아침이었습니다. 파란 하늘에서 바람이 휘잉 불었고, 햇빛이 운동장에 가득했습니다. 까만 겨울바지를 입는 1학년 꼬마 둘이 둑을 돌아 운동장으로 들어와서 아직 아무도 오지 않은 것을 보고 『이야, 내가 일등이야, 일등』하고 서로 외치면서 싱글벙글 교실 문으로 들어왔습니다. 그런데 힐끗 안을 들여다보고는 둘 다 깜짝 놀라 우뚝 서서 얼굴을 마주보고 부들부들 떨고 있다가 한 아이가 결국 울음을 터뜨리고 말았습니다. 이유인 즉, 쥐 죽은 듯 고요한 아침, 교실 안에, 어디서 왔는지 얼굴도 모르는 머리카락이 빨간 이상한 아이 하나가 맨 앞자리에 떡하니 앉아 있었던 것입니다. 그리고 그 자리로 말할 것 같으면 하필 울음을 터뜨린 꼬마 자리였던 것입니다.

다른 꼬마도 거의 울기 일보직전이었습니다만, 그래도 억지로 눈을 부릅뜨고 그 아이를 노려보고 있었는데, 마침 그때 냇가에서 『얼씨구나, 절씨구나.』 하고 소리 높여 외치는 소리가 나더니, 마치 커다란 까마귀 같은 모습의 가스케가 가방을 부둥켜안고 웃으며 운동장으로 뛰어왔습니다. 그런가 했더니 곧바로 사타로와 고스케耕助도 우르르 달려왔습니다.

『왜 울어? 누가 놀렸어?』 가스케가 울음을 참고 있는 꼬마 어깨를 잡고 말했습니다. 그러자 그 아이도 엉엉 하고 울음을 터뜨리고 말았습니다. 이상하다는 생각에 아이들은 모두 주위를 둘러보았는데, 교실 안에 빨간 머리의 이상한 아이가 반듯하게 앉아 있는 게 눈에 띄었습니다.

아이들은 모두 찬물을 끼얹은 것처럼 조용해졌습니다. 하나둘 여자아이들도 전부 모여들었지만 아무도 말을 하지 못했습니다.

빨간 머리 아이는 조금도 무섭지 않다는 듯 역시나 똑바로 앉아서 물끄러미 칠판을 바라보고 있습니다. 그러다가 6학년 이치로(一郞)가 왔습니다. 이치로는 마치 어른처럼 천천히 황새걸음으로 다가와서, 아이들을 쳐다보며 『무슨 일이야?』 하고 물었습니다.

아이들은 그제서야 왁자그르르 떠들며 교실 안에 있는 그 이상한 아이를 가리켰습니다. 이치로는 잠시 그쪽을 보고 있다가, 그대로 가방을 단단히 품에 안고 닥 창문 아래로 갔습니다.

아이들은 모두 기운을 차리고 이치로를 따라갔습니다.

『누구야! 시간도 안 됐는데 교실에 들어온 게.』

이치로는 창문에 기어 올라가 교실 안으로 얼굴을 내밀고 말했습니다.

『날씨 좋은 날 교실에 들어가 있으면 선생님한테 혼난다.』 창문 밑에 있던 고스케가 말했습니다.

『혼나도 난 몰라.』 가스케가 말했습니다.

『빨리 나와, 나오라구!』 이치로가 말했습니다.

하지만 그 아이는 두리번두리번 교실 안과 아이들의 얼굴을 번갈아 바라볼 뿐, 역시나 꼼짝 않고 무릎에 손을 올려놓고 의자에 앉아 있었습니다.

도대체 그 생김새부터가 정말 이상했습니다. 엉뚱하게도 헐렁헐렁한 회색 윗도리에 하얀 반바지를 입고, 거기에 빨간색 짧은 가죽 장화를 신고 있었던 것입니다. 게다가 얼굴로 말할 것 같으면 꼭 잘 익은 사과 같았고, 특히 눈은 동그랗고 새카맸습니다. 도대체 말이 통하지 않는 것 같아서 이치로도 정말 난처했습니다.

『저 녀석, 외국인인가?』

『우리 학교에 들어오는 건가?』 아이들은 와글와글 떠들었습니다. 그런데 5학년 가스케가 갑자기,

『아, 3학년에 들어오는 거야.』 하고 큰 소리로 말해서 「아, 그렇구나.」 하고 작은 꼬마들은 생각했지만, 이치로는 말없이 고개를 갸웃거렸습니다.

이상한 아이는 또 두리번거리기만 할 뿐, 똑바로 앉아 있습니다.

그때 바람이 휘잉 하고 불어와 교실 유리창이 전부 덜덜 떨리고, 학교 뒷산의 억새와 밤나무는 모두 이상하게 파르르 해져서 흔들리고, 교실에 있는 아이들도 왜 그런지 샐쭉 웃으며 조금 움직인 것 같았습니다.

그러자 가스케가 곧바로 외쳤습니다.

『와, 웃었다! 저 녀석은 바람의 마타사부로야!』風の又三郎

다들 그런가 하고 생각하고 있을 때, 갑자기 뒤쪽에서 고로가 『아야, 아프잖五郎아!』하고 소리를 질렀습니다.

아이들이 그쪽을 쳐다보니, 고로가 고스케에게 발가락을 밟혀 화가 났는지 고스케를 쥐어박고 있었습니다. 그러자 고스케도 화가 나서, 『지가 잘못해 놓고 남을 때리고 있어!』하고 말하며 고로를 때리려 했습니다.

고로는 얼굴이 온통 눈물범벅이 되어 고스케에게 달려들 기세였습니다. 그래서 이치로가 사이에 끼어들었고 가스케는 고스케를 붙잡고 말렸습니다.

『야, 싸움박질하면 틀림없이 선생님이 교무실로 부르실 거야!』 하고 이치로가 말하면서 다시 교실 쪽을 보았을 때, 그만 완전히 얼이 빠지고 말았습니다.

방금 전까지 교실에 있던 그 이상한 아이가 그림자도 보이질 않는 것입니다. 아이들도 마치 기껏 친구가 된 망아지를 멀리 떠나보낸 것 같은, 모처럼 잡은 곤줄박이를 놓친 것 같은 기분이 들었습니다.

바람이 다시 휘잉 불어와 유리창을 덜걱덜걱 울리고, 뒷산 억새밭에 희끄무레한 물결을 일으키며 점점 위쪽으로 위쪽으로 밀고 올라갔습니다.

『우와, 너희가 싸우니까 마타사부로가 가 버렸잖아.』 가스케가 화를 내며 말했습니다.

아이들도 정말 그렇게 생각했습니다. 고로는 정말로 미안하게 생각해서 발가락이 아픈 것도 잊은 채 풀이 죽어 어깨를 움츠리고서 있었습니다.

『역시 그 녀석은 바람의 마타사부로였어.』

『바람이 불어오는 계절에 왔잖아.』

『구두를 신고 있었어.』

『옷도 입고 있었어.』

『머리카락도 빨갛고 이상한 녀석이었어.』

『어, 마타사부로가 내 책상에 돌멩이 얹어 놨네?』 2학년 꼬마가 말했습니다. 보니까 그 아이 책상 위에는 지저분한 돌멩이가 놓여 있었습니다.

『그렇네. 어라, 저기 유리도 깨졌어!』

『아니야. 그건 방학 전에 가스케가 깬 거야.』

『아니야, 그렇지 않아.』 하고 말했을 때, 대체 무슨 영문인지 선생님이 현관으로 나왔습니다. 선생님은 반짝반짝 빛나는 호루라기를 오른손에 들고 벌써 집합 준비를 하고 있었는데, 그 뒤에 아까 빨간 머리 꼬마가 마치 부처님 시중을 드는 아이처럼 의젓하게 하얀 모자를 쓰고 선생님 옆에 붙어 성큼성큼 걷고 있었습니다.

아이들은 조용해졌습니다. 이윽고 이치로가 『선생님, 안녕하세요.』 하고 입을 떼었고 모두 따라서 『선생님, 안녕하세요.』 하고 인사를 했을 뿐입니다.

『여러분, 안녕하세요. 모두들 건강하군요. 그럼 줄을 서세요.』 선생님은 호루라기를 휘리리 하고 불었습니다. 그 소리는 이내 계곡 건너편 산에 울려 퍼지고 시 휘리리 하고 낮은 소리로 되돌아왔습니다.

아이들은 방학하기 전과 똑같다고 생각하면서, 6학년은 한 명, 5학년은 일곱 명, 4학년은 여섯 명, 1, 2학년은 열두 명, 학년별로 줄을 지었습니다. 2학년 여덟 명, 1학년 네 명은 앞으로나란히를 하고 줄을 섰습니다.

그러는 사이에 그 이상한 꼬마는 뭐가 우스운지 아니면 재밌는지 어금니로 볼을 깨무는 것 마냥 실룩실룩 아이들을 바라보며 선생님 뒤에서 웃고 있었습니다. 그러자 선생님은 그 아이에게 『이쪽으로 오너라.』 하고 말하고 5학년 줄이 있는 곳으로 데리고 가서 가스케와 키를 대보더니, 가스케와 그 뒤에 있는 키요사이에 세웠습니다.

모두들 뒤돌아 가만히 그것을 보고 있었습니다.

선생님은 다시 현관 앞으로 돌아가더니 『앞으로나란히!』하고 크게 구령을 붙였습니다.

모두 동시에 앞으로나란히를 하고 똑바른 줄을 만들었지만, 실은 그 이상한 아이가 어떻게 하고 있는지 보고 싶어서 너나없이 그쪽을 돌아보거나 곁눈질을 하고 있었습니다. 그러자 그 아이는 앞으로나란히든 뭐든 잘 알고 있다는 듯, 아무렇지도 않게 두 팔을 앞으로 쭉 뻗었습니다. 손끝이 가스케 등짝에 닿을락 말락 해서 가스케는 왠지 등이 간질간질한 것 같아 쭈뼛거리고 있었습니다.

『바로!』 선생님이 다시 구령을 붙였습니다.

『1학년부터 순서대로, 앞으로 가!』그러자 1학년은 걷기 시작했고, 곧이어

2학년도 뒤를 따라 걷기 시작하여 아이들 앞을 빙 돌아 오른쪽 신발장이 있는 입구로 들어갔습니다. 4학년이 걷기 시작하자 아까 그 아이도 가스케 뒤를 따라 씩씩하게 걸어갔습니다. 앞에 가고 있는 아이들도 가끔씩 뒤를 돌아보았고 뒤에 따라 오는 아이들도 가만히 그 아이의 뒷모습을 쳐다보았습니다.

잠시 후 아이들은 신발을 신발장에 넣고 교실로 들어가 밖에 줄지어 있을 때와 똑같이 학년별로 자리에 앉았습니다. 그 아이도 의젓하게 가스케 뒷자리에 앉았습니다. 그러나 교실은 벌써 난리법석입니다.

『어, 내 책상에 돌멩이가 들었네.』

『어, 내 책상이 바뀌었어.』

『きっ子 기쓰코, 기쓰코, 너 가정통신문 가져왔어? 난 안 가져왔는데.』

『야, さの 사노, 연필 좀. 연필 좀 빌려 달라구.』

『안 돼, 남의 연습장 가져가면.』

그때 선생님이 들어왔는데, 아이들은 모두 떠들면서 일어났고, 이치로가 제일 뒤에서 『경례』하고 말했습니다.

아이들은 인사를 하는 동안은 잠깐 조용해졌지만, 그리고 다시 웅성웅성 와글와글 떠들기 시작했습니다.

『여러분, 조용! 조용히 하세요.』 선생님이 말했습니다.

『쉬잇! 에쓰지悅治, 떠들면 안 돼! 가스케, 기쓰코, 야!』 이치로가 제일 뒤에서 너무 떠드는 아이를 하나씩 꾸짖었습니다.

아이들은 잠잠해졌습니다.

선생님이 말했습니다.

『여러분, 긴 여름방학은 즐거웠나요? 여러분은 아침부터 물놀이도 할 수 있었고, 숲 속에서 매에게도 지지 않을 만큼 큰 소리를 내거나, 또 형들과 풀을 베러 우에노上の野原노하라에 갔겠지요. 하지만 어제를 마지막으로 방학은 끝났습니다. 오늘부

2학기이고 이제 가을입니다. 예로부터 가을은 몸과 마음이 가장 야물어져서, 공부도 잘 되는 계절이라고 합니다. 그러므로, 오늘부터 모두 다 함께 열심히 공부를 합시다. 그리고 이번 방학 중에 여러분의 친구가 한 명 늘었습니다. 바로 여기 있는 아이입니다. 이 아이의 아버님께서는 이번에 회사 일로 우에노 노하라 입구 근처로 이사를 왔습니다. 지금까지는 홋카이도(北海道)에 있는 학교에 다녔지만, 오늘부터 여러분과 친구가 되었기 때문에, 여러분은 학교에서 공부할 때도, 밤을 주우러 갈 때도, 고기를 잡으러 갈 때도, 같이 데리고 가야 합니다. 알겠지요? 알겠다는 사람은 손을 들어 보세요.』

곧바로 아이들은 모두 손을 들었습니다. 전학 온 아이도 기세 좋게 손을 들어서 선생님은 잠시 웃었지만, 곧 『알겠지요? 그럼 됐습니다.』하고 말하자 아이들은 불이 꺼지듯 한꺼번에 손을 내렸습니다.

하지만 가스케가 바로 『선생님』하고 다시 손을 들었습니다.

『네.』 선생님은 가스케를 가리켰습니다.

『새로 온 친구 이름이 뭔가요?』

『아, 다카다(高田三郎) 사부로라고 합니다.』

『와, 굉장해, 정말로 마타사부로잖아!』 가스케가 손뼉을 치며 자리에서 춤을 추는 시늉을 하는 바람에 고학년 아이들은 와아, 하고 웃었습니다만, 저학년 꼬마들은 왠지 무서운 듯, 조용히 사부로 쪽을 쳐다봤습니다.

선생님이 다시 말했습니다.

『여러분, 오늘 가정통신문을 가져오기로 했지요? 가지고 온 사람은 책상 위에 꺼내 주세요. 선생님이 지금 걷으러 갈 테니까.』

아이들은 덜그럭덜그럭 가방을 열기도 하고 책보를 풀기도 하면서 가정통신문과 숙제장을 책상 위에 꺼내 놓았습니다. 그리고 선생님이 1학년 쪽부터 순서대로 걷어 오기 시작했습니다. 그때 아이들은 깜짝 놀랐습니다. 그 이유는 교실 맨 뒤에 언제 왔는지 어른 한 명이 서 있었기 때문입니다. 그 어른은 하얗고 헐렁헐렁한 삼베옷을 입었고 검고 반지르르한 손수건을 넥타이 대신 목에 두르고 있었는데, 손에는 하얀 부채로 가볍게 자기 얼굴을 부치면서 살짝 웃으며 아이들을 굽어보고 있었습니다. 그래서인지 아이들은 점점 조용해지다가, 이내 완전히 긴장을 하고 말았습니다.

하지만 선생님은 별로 그 사람을 신경 쓰는 기색도 없이, 차례로 가정통신문을 걷으며 사부로 자리까지 왔는데, 사부로는 가정통신문이나 숙제장 대신 두 주먹을 꽉 쥐어 책상 위에 올려놓았습니다. 선생님은 말없이 사부로를 지나쳐 갔고, 다른 아이들의 가정통신문을 전부 걷어 양손에 들고 다시 교단으로 돌아갔습니다.

『그럼 숙제장은 다음 토요일에 고쳐서 돌려줄 테니까, 오늘 가지고 오지 않은 사람은 잊지 말고 내일 꼭 가지고 오세요. 에쓰지, 유지^{勇治}, 그리고 료사쿠^{良作}. 알겠지요? 자, 오늘은 이것으로 마치겠습니다. 내일부터는 꼭 평소대로 준비를 해 주세요. 그리고 오늘 4학년과 6학년은 선생님하고 같이 교실 청소를 하겠습니다. 그럼 여기까지.』

이치로가 『차렷!』 하고 말하자 아이들은 우르르 일어났습니다. 뒤에 있는 어른도 부채를 아래로 내리고 일어섰습니다.

『경례.』 선생님과 아이들은 서로 인사를 했습니다. 뒤에 있는 어른도 가볍게 머리를 숙였습니다. 그러고 나서 저학년 아이들은 부리나케 교실에서 뛰쳐나갔는데, 4학년 아이들은 아직 머뭇거리고 있었습니다.

그러자 사부로는 아까 헐렁헐렁한 옷을 입은 사람한테 갔습니다. 선생님도 교단에서 내려와 그 사람에게 갔습니다.

『수고가 많으십니다.』 그 사람은 선생님에게 정중하게 인사를 했습니다.

『금방 친구가 될 겁니다.』 선생님도 인사를 하며 말했습니다.

『아무쪼록 잘 부탁드립니다. 그럼 이만.』 그 사람은 다시 정중하게 인사를 하고 사부로에게 눈짓을 하고는 현관 쪽을 빙 돌아서 밖으로 나와 기다렸는데, 사부로는 아이들이 쳐다보는 가운데 눈을 늠름하게 치켜뜨고 말없이 문을 나와 뒤따라갔고, 두 사람은 운동장을 지나 강 아래쪽으로 걸어갔습니다.

운동장을 나올 때, 그 아이는 뒤를 돌아보며, 학교나 아이들 쪽을 노려보는가 하더니, 이내 종종걸음으로 하얀 옷을 입은 어른을 따라 걸어갔습니다.

『선생님, 저 사람은 사부로네 아버지인가요?』 이치로가 빗자루를 들고 선생님에게 물었습니다.

『그렇단다.』

『무슨 일로 왔는데요?』

『우에노하라 근처에 몰리브덴이라는 광석이 발견되어 그걸 캐내기 위해 오셨다는구나.』

『어디 근처인데요?』

『나도 잘은 모르지만, 항상 너희들이 말을 몰고 가는 길에서 강 아래쪽으로 조금 들어간 곳 같아.』

『몰리브덴은 어디에 쓰나요?』

『철과 섞거나 약을 만든다고 하던데.』

『그럼 마타사부로도 땅을 파나요?』 가스케가 말했습니다.

『마타사부로가 아니야. 다카다 사부로지.』 사타로가 말했습니다.

『마타사부로야, 마타사부로!』 가스케가 얼굴이 빨개져서 우겨댔습니다.

『가스케, 여기 있을 거면 너도 청소해!』 이치로가 말했습니다.

『아니, 싫어. 오늘은 4학년하고 6학년이잖아.』

가스케는 후다닥 교실을 뛰쳐나가 도망쳐 버렸습니다.

바람이 다시 불어와 유리창이 또 덜거덕덜거덕 떨리고, 걸레를 넣어 둔 양동이에도 작고 검은 물결이 일었습니다.

9월 2일

다음 날, 이치로는 그 이상한 아이가 오늘부터 정말로 학교에 와서 책을 읽을까 어떨까 빨리 보고 싶다는 마음이 들어 다른 때보다 일찍 가스케를 불러냈습니다. 하지만 가스케는 이치로보다 훨씬 더 궁금했는지, 밥도 일찌감치 먹고 책보에 싼 책을 들고 집 앞에 나와 이치로를 기다리고 있었습니다.

둘은 그 아이에 대해서 이런저런 이야기를 하면서 학교로 갔습니다. 운동장에는 작은 꼬마들이 벌써 일고여덟 모여서, 막대기 감추기를 하고 있었는데, 그 아이는 아직 오지 않았습니다. 어제처럼 또 교실 안에 있는 건가 생각하고 안을 들여다보았지만, 교실 안은 아무도 없어서 쥐 죽은 듯 조용했고, 칠판 위에는 어제 청소할 때 걸레로 닦은 자국이 말라 희끄무레한 줄무늬가 되어 있었습니다.

『어제 그 녀석 아직 안 왔는데.』 이치로가 말했습니다.

『응.』 가스케도 그렇게 말하면서 교실 안을 둘러봤습니다.

그래서 이치로는 철봉 밑으로 가더니 괜히 헛물만 켰다는 듯 철봉 위에 올라가 양손을 조금씩 좁히면서 오른쪽 가로대로 가서, 그 위에 앉아 어제 사부로가 걸어 갔던 쪽을 가만히 내려다보며 기다렸습니다. 계곡물은 반짝반짝 빛을 내면서 흘러가고 산 위에서는 바람이 불고 있는 듯 때때로 억새가 하얀 물결을 일으키고 있었습니다. 가스케도 역시 철봉 기둥 아래에서 가만히 그쪽을 바라보며 기다렸습니다. 그런데 두 사람은 그렇게 오래 기다릴 필요가 없었습니다. 갑자기 사부로가 아래쪽 길에서 회색 가방을 오른손에 들고 뛰어나온 것입니다.

『왔다!』 하고 이치로가 무심코 아래 있는 가스케에게 말하려고 하는 사이에, 사부로는 재빨리 둑을 빙 돌아서 정문으로 들어오더니 『안녕!』 하고 또박또박 말했습니다. 모두 그쪽을 돌아보았지만 대답을 한 아이는 하나도 없었습니다. 아이들은 선생님에게 언제나 『안녕하세요』하고 인사를 해야 한다고 배웠기 때문에 그때까지 서로 『안녕』이라고 인사를 한 적이 없었는데, 사부로가 그렇게 말하니 이치로나 가스케는 너무나 갑작스러웠고 또 사부로의 씩씩한 태도에 점점 주눅이 들어 이치로와 가스케는 『안녕』이라고 말하지 못하고 우물우물하고 말았습니다.

그런데 사부로는 별달리 신경 쓰지 않는 듯 두세 걸음 또 앞으로 걸어가더니 가만히 서서 그 새까만 눈으로 운동장을 빙 둘러보았습니다. 그리고 잠시 누군가 놀 상대가 없을까 찾고 있는 것 같았습니다. 모두 사부로를 보고는 있었지만 머뭇머뭇하거나 아니면 바쁜 듯 막대 감추기 놀이를 하거나 하면서 사부로에게 다가가는 사람이 없었습니다. 사부로는 좀 언짢은 듯 거기에 우뚝 서서 운동장을 다시 한번 둘러보았습니다. 그러고 나서 이 운동장 크기는 얼마나 될까 궁금했는지 정문에서 현관까지 큰 걸음으로 하나둘 세면서 걷기 시작했습니다. 이치로는 서둘러 철봉에서 뛰어내려 가스케와 나란히 숨을 죽이고 바라보았습니다.

그 사이 사부로는 건너편 현관 앞까지 가더니 이쪽을 향해서 잠시 암산을 하는지 고개를 약간 숙이고 서 있었습니다.

아이들은 역시 초롱초롱한 눈빛으로 그쪽을 보고 있었습니다. 사부로는 좀 난처한 기색으로 양손을 뒤로 깍지 끼더니 교무실 앞을 지나서 둑 쪽으로 걷기 시작했습니다.

그때, 바람이 소르르 불어 둑에 돋은 풀이 살랑살랑 물결을 일으켰습니다. 운동장 한가운데서 훌쩍 먼지가 피어오르고, 그것이 현관 앞에서 빙글빙글 돌더니 작은 회오리바람이 되었습니다. 누런 먼지는 병을 거꾸로 뒤집어 놓은 모양이 되어 지붕보다 높이 솟아올랐습니다.

그러자 가스케가 갑자기 큰 소리로 외쳤습니다.

『그래, 역시 저 녀석은 마타사부로야! 저 녀석이 뭔가 하기만 하면 꼭 바람이 분다니까!」

『맞아.』

이치로는 어찌된 영문인지 모른다고 생각하면서도 잠자코 그 쪽을 보고 있었습니다. 사부로는 바람 같은 것은 아랑곳하지 않고 둑 쪽으로 총총 걸어갔습니다.

그때 선생님이 여느 때처럼 호루라기를 들고 현관으로 나왔습니다.

『안녕하세요.』

저학년 꼬마들이 달려와 모였습니다.

『네, 안녕하세요.』

선생님은 힐끔 운동장을 둘러보고 나서, 『그럼 나란히!』 하고 말하면서 호로로 호루라기를 불었습니다. 아이들은 모두 모여서 어제처럼 나란히 줄지어 섰습니다. 사부로도 어제 말한 곳에 반듯이 섰습니다. 선생님은 해가 정면에 있어서 조금 눈이 부신 것 같았고, 구령을 천천히 붙여서 이윽고 출입구를 통해 모두 교실로 들어 왔습니다.

인사가 끝나자 선생님은 말했습니다.

『그럼, 여러분, 오늘부터 공부를 시작합시다. 여러분은 틀림없이 필기구를 가져왔겠지요? 그럼 1학년 학생은 글씨 연습장과 벼루, 종이를 꺼내고, 2학년과 4학년은 산수 공책과 연습장을 꺼내고, 5학년과 6학년은 국어책을 꺼내세요.』

그러자 이쪽저쪽에서 큰 소동이 시작되었습니다. 그중에서도 사부로 바로 옆 4학년 줄에 앉은 사타로가 갑자기 손을 뻗어서 2학년 가요의 연필을 잽싸게 낚아채 버렸습니다. 가요는 사타로의 여동생입니다. 가요가 『아, 오빠, 내 연필 가져가지 마.』 하고 말하면서 다시 빼앗으려고 하자 사타로가 『아냐, 이건 내 거야.』 하고 말하면서 연필을 호주머니 속에 넣은 뒤 중국인이 인사할 때처럼 양손을 소맷자락에 넣고 책상에 가슴팍을 찰싹 붙였습니다. 그러자 가요는 걸어와서 『오빠, 오빠 연필은 그저께 오두막에서 잃어버렸잖아. 내놔.』 하고 말하면서 애써 돌려받으려 했지만, 아무리 해도 사타로는 책상에 찰싹 큰 게 화석처럼 달라붙어 있어서, 가요는 결국 입을 크게 삐죽이며 선 채 금방이라도 울음을 터뜨릴 것 같았습니다.

사부로는 국어책을 단정히 책상 위에 얹은 채 곤란한 듯 이 광경을 지켜보고 있었습니다. 그러다 가요가 드디어 주르륵 눈물을 흘리는 것을 보고는 잠자코 오른손에 쥐고 있던 반 도막쯤 되는 연필을 사타로의 책상 위에 놓았습니다. 그러자 사타로가 벌떡 일어났습니다. 그리고 『주는 거야?』 하고 사부로에게 물었습니다. 사부로는 조금 망설이다가 결심했다는 듯 『응.』 하고 대답했습니다. 그러자 사타로는 갑자기 웃기 시작하더니 호주머니 속에 있는 연필을 가요의 작고 빨간 손에 쥐어 주었습니다.

선생님은 건너편에서 1학년 아이들의 벼루에 물을 따라 주느라 못 보았고, 가스케는 사부로 앞자리여서 몰랐습니다만, 이치로는 이것을 맨 뒤에서 빠짐없이 지켜보고 있었습니다. 이치로는 뭐라고 해야 좋을지 모를 이상한 기분이 들어 이를 바드득바드득 갈았습니다.

『그러면 2학년 학생은 방학 전에 배운 뺄셈을 다시 한 번 익혀봅시다. 이것을 계산해 보세요.』

선생님은 칠판에 「25-12」라고 썼습니다. 2학년 아이들은 모두 열심히 그 숫자를 연습장에 옮겨 적었습니다. 가요도 머리를 연습장위로 숙인 채 받아 적고 있었습니다.

『4학년은 이것을 계산하세요.』 선생님은 「17×4」라고 썼습니다. 사타로를 비롯한 기조(喜藏), 고스케(甲助) 등 4학년 아이들은 그것을 베껴 썼습니다.

『5학년은 교과서 ( ) 페이지의 ( ) 과를 펴서 소리를 내지 말고 속으로 읽을 수 있는 데까지 읽도록 합니다. 모르는 글자는 연습장에 적어 두세요.』

5학년도 모두 선생님 말대로 하기 시작했습니다.

『이치로는 교과서 ( ) 페이지를 읽어 보고 역시 모르는 글자만 골라서 써 보도록 하세요.』

그 말이 끝나자 선생님은 또 교단에서 내려와 글씨 연습을 하는 1학년 학생들을 하나하나 살펴보면서 걸었습니다.

사부로는 양손으로 책을 단정하게 잡고 선생님이 말한 곳을 숨을 죽인 채 가만히 읽고 있었습니다. 그렇지만 연습장에는 글자를 하나도 쓰지 않았습니다. 정말로 모르는 글자가 하나도 없어서인지, 딱 하나 있는 연필을 사타로에게 주어서인지, 알 수 없었습니다.

그 사이에 선생님은 교단으로 돌아와서 2학년과 4학년의 수학 계산을 풀고 또 새 문제를 내더니, 이번에는 5학년 학생들이 연습장에 쓴 모르는 글자를 칠판에 쓰고, 읽는 법과 뜻을 가르쳐 주었습니다. 그러고 나서 『그러면 가스케, 여기를 읽어봐요.』하고 말했습니다.

가스케는 두어 번 더듬대기는 했지만 선생님이 가르쳐 준 대로 곧 잘 읽었습니다.

사부로는 잠자코 듣고만 있었습니다. 선생님도 책을 보며 가만히 듣고 있다가 열 줄 정도를 읽자 『거기까지.』라고 말하고는 이번에는 선생님이 직접 읽었습니다.

그렇게 한 번 다 읽고 나서 선생님은 책상 위를 치우게 했습니다. 그리고 『그러면 여기까지.』라고 말하고 교단에 서자, 이치로가 뒤에서 『차렷!』 하고 구령을 넣었습니다. 인사가 끝나자 모두 차례대로 바깥으로 나왔는데 이번에는 줄을 지어 서지 않고 뿔뿔이 흩어져서 놀았습니다.

둘째 시간에는 1학년부터 6학년까지 모두 음악 시간이었습니다. 선생님이 만돌린을 가지고 와서 아이들은 지금까지 배운 노래를 선생님의 만돌린 연주에 맞추어 다섯 곡이나 불렀습니다.

사부로도 이미 알고 있는 노래라서 척척 따라 불렀습니다. 음악 시간은 대단히 빨리 지나가 버렸습니다.

셋째 시간은 2학년과 4학년이 국어 시간, 5학년과 6학년은 수학 시간이었습니다.

선생님은 또 칠판에 문제를 쓰고 5학년과 6학년에게 계산을 시켰습니다. 잠시 후 이치로가 답을 쓰더니 사부로 쪽을 힐끗 쳐다보았습니다. 그러자 사부로는 어디서 났는지 작은 숯으로 연습장 위에 사각사각 소리를 내며 계산을 했습니다.

9월 4일 일요일

다음다음 날 아침, 하늘은 화알짝 개고, 골짜기의 시냇물을 졸졸졸 소리를 내며 흘렀습니다. 이치로는 도중에 가스케와 사타로, 에쓰지를 만나 사부로네 집 쪽으로 갔습니다. 학교 조금 아래쪽에서 계곡물을 건너 물가 버드나무 가지를 하나씩 꺾어서 파란 껍질을 빙빙 돌려 벗긴 다음 채찍을 만들어서 손으로 획획 휘두르면서 우에노 노하라로 올라가는 길을 따라갔습니다. 아이들은 빠른 걸음으로 언덕을 오르면서 숨을 헉헉 몰아쉬었습니다.

『마타사부로가 정말 저기 샘가까지 와서 기다리고 있을까?』

『기다리고 있을 거야. 마타사부로는 거짓말 안 해.』

『아, 더워. 바람 불었으면 좋겠는데.』

『어디선가 바람이 불고 있어.』

『마타사부로가 불게 하는 거겠지.』

『왠지 해가 희미해졌어.』

하늘에 흰 구름이 나타났습니다. 그리고 아이들은 벌써 상당히 높이 올라와 있었습니다. 골짜기 사이사이 집들이 저 아래 보이고, 나무로 지은 이치로네 오두막집 지붕이 하얗게 빛나고 있었습니다.

길이 숲으로 나 있어 한동안 길은 질척거렸고 마을 풍경은 보이지 않았습니다.

이윽고 아이들은 약속 장소인 샘가 근처까지 왔습니다. 그러자 거기에서 『어이, 모두 왔니?』 하고 사부로가 크게 외치는 소리가 들렸습니다.

아이들은 다급히 뛰어 올라갔습니다. 건너편 모퉁이에 사부로가 작은 입술을 앙다문 채 서서 아이들 넷이 뛰어 올라오는 것을 보고 있었습니다. 네 명은 가까스로 사부로 앞까지 왔습니다. 그렇지만 너무 숨이 차서 금방은 아무 말도 할 수가 없었습니다. 가스케는 너무 숨이 차서 하늘을 향해 『야호!』 하고 크게 소리를 지르고 곧바로 숨을 내뱉었습니다. 그러자 사부로는 큰 소리로 웃었습니다.

『많이 기다렸어. 게다가 오늘은 비가 내릴지도 모른대.』

『그럼 빨리 가자. 야, 우리 물 마시고 가자.』

네 사람은 땀을 닦고 엎드려서 새하얀 바위틈에서 퐁퐁 솟아 오르는 차가운 물을 몇 모금이나 퍼 마셨습니다.

『우리 집은 여기서 가까워. 바로 저 골짜기 위쪽이야. 모두 돌아오는 길에 들르

『자. 이제 우에노하라에 가자.』

아이들이 떠나려 하자 샘물이 뭔가를 말해 주려는 듯 부글부글 소리를 냈고, 근처의 나무도 쏴아 하고 우는 듯 했습니다.

다섯 아이들은 산기슭에 무성한 덤불을 헤치고 지나가거나 바위가 무너져 내린 곳을 몇 번이나 통과하면서 우에노하라 입구에 거의 다다랐습니다.

아이들은 거기까지 와서 잠시 서쪽을 바라보았습니다. 해가 내리쬐는가 하면 그늘이 지기도 한 언덕 저 너머로 강을 따라 펼쳐진 진짜 들판이 희미하고 푸르게 빛나고 있었습니다.

『와, 저건 강이야!』

『꼭 부처님 허리띠 같네.』

사부로가 말했습니다.

『뭐 같다고?』

이치로가 물었습니다.

『부처님 허리띠 같다고.』

『너 부처님 허리띠 본 적 있어?』

『난 홋카이도에서 봤어.』

아이들은 무슨 소린지 알아들을 수가 없어서 입을 다물고 말았습니다.

정말로 그곳은 우에노노하라 입구였고, 깔끔하게 베어진 풀밭 가운데 한 그루 커다란 밤나무가 서 있었는데, 밑동이 새까맣게 타서 커다란 동굴처럼 되어 있었고, 가지에는 낡은 새끼줄이랑 다 떨어진 짚신 따위가 매달려 있었습니다.

『좀 더 가면 사람들이 풀을 베고 있을 거야. 거기에 말도 있어.』

이치로는 그렇게 말하면서 말끔히 풀을 베어 놓은 외길을 앞장서서 쭉쭉 걸어갔습니다.

사부로는 그 뒤를 따라가며 『여기에는 곰이 없으니까 말을 풀어 놓아도 되겠구나.」하고 말했습니다.

그렇게 조금 더 가자 길가의 졸참나무 아래에 새끼줄로 짠 가마니가 아무렇게나 던져져 있고, 풀 다발이 여기저기에 굴러다니고 있었습니다.

등에 풀 더미를 얹은 말 두 마리가 이치로를 보더니 썩썩 거리며 콧김을 내뿜었습니다.

「형, 있어? 형, 나 왔어!」

이치로는 땀을 닦으며 소리쳤습니다.

「어어이, 거기에 있어. 지금 곧 갈게.」

건너편 움푹 꺼진 곳에서 이치로의 형 목소리가 났습니다.

해는 반짝 밝아지고, 형이 저쪽 숲 속에서 웃으며 나타났습니다.

「잘 왔다, 잘 왔어. 모두 데려왔니? 돌아가는 길에 망아지를 데려가 주렴. 오늘은 오후부터 틀림없이 흐려질 거야. 나도 풀을 조금만 더 베고 끝낼 테니까 너희들 놀려면 저기 둑 안에 들어가 있어. 아직 목장 말이 스무 마리 정도 있으니까.」

형은 건너편으로 가면서 뒤를 돌아보더니 또 말했습니다.

「둑 바깥으로 나가지는 마. 길 잃어버리면 위험해. 점심쯤에 또 올 테니까.」

「응, 둑 안에 있을게.」

그리고 이치로의 형은 가버렸습니다.

하늘에 온통 드리워진 얇은 구름은 흰 거울처럼 보이는 태양을 스치며 바람이 부는 반대쪽으로 달려갔습니다. 아직 베어지지 않은 풀밭은 바람에 물결쳤습니다.

이치로가 앞에 서서 작은 길을 따라 곧장 가니 이윽고 둑이 나왔습니다. 그 둑 한쪽 끊어진 곳에는 통나무 두 개를 가로로 걸친 문이 있었습니다. 고스케가 그 밑으로 빠져나가려고 하자 가스케가 「난 이런 거 빼낼 수 있어.」 하고 말하면서 통나무 한쪽 끝을 빼내 아래로 내렸고 아이들은 통나무를 넘어서 안으로 들어갔습니다.

저쪽 오르막 위에 반짝반짝 빛나는 갈색 말이 일곱 마리 정도 모여 꼬리를 살랑

살랑 천천히 흔들고 있었습니다.

『이 말은 모두 천 엔円 이상 나갈 거야. 내년부턴 경마에도 나간대.』

이치로는 말 옆으로 가면서 말했습니다.

말은 지금까지 심심해서 혼났다는 듯 이치로와 아이들 곁으로 다가왔습니다. 그리고 코끝을 쭉 내밀었는데, 뭔가 먹고 싶다는 뜻 같았습니다.

『하하, 소금을 달라는 거구나.』

아이들이 손을 내밀자 말은 그것을 핥기 시작했습니다. 하지만 사부로만은 말이 익숙하지 않은 탓인지, 아니면 기분이 나쁜 탓인지 손을 호주머니에 집어넣고 말았습니다.

『야, 마타사부로! 말이 무섭니?』 에쓰지가 말했습니다.

그러자 사부로는 『무섭지 않아.』 하고 말하면서 호주머니에서 손을 빼 말의 코끝으로 뻗었습니다. 그러나 말이 목을 뻗으며 혀를 널름널름 내밀자 안색이 싹 바꿰면서 손을 다시 호주머니에 재빨리 집어넣고 말았습니다.

『야, 마타사부로! 너 말이 무서운 거로구나.』

에쓰지가 또 말했습니다. 그러자 사부로는 얼굴이 새빨개져서 잠시 우물쭈물하더니 『그럼, 모두 경마를 할까?』 하고 말했습니다.

경마라니, 어떻게 하는 건가, 모두 생각했습니다.

그러자 사부로는 『난 경마하는 거 몇 번이나 봤어. 하지만 이 말들은 안장이 없어서 탈 수가 없어. 모두가 한 마리씩 말을 몰아서, 보이지? 저기 건너편 저 큰 나무가 있는 곳에 먼저 도착한 사람이 이기는 것으로 하자.』

『그거 재미있겠는데.』

가스케가 말했습니다.

『혼날지도 몰라. 마부한테 들키면.』

『괜찮아. 경마에 나갈 말이니까 연습을 해야지.』

사부로가 말했습니다.

『좋아. 난 이 말이다.』

『그럼 난 이 말.』

아이들은 버드나무 가지나 억새 이삭으로 이랴, 이랴, 하면서 말을 가볍게 때렸습니다.

그러나 말은 꿈쩍도 하지 않았습니다. 여전히 목을 늘어뜨리고 풀 냄새를 맡거나 목을 뻗어서 그쪽 경치를 자세히 보려고 하는 것이었습니다.

이치로가 그때 양손을 짝 하고 맞부딪히더니 『이럇!』 하고 외쳤습니다.

그러자 갑자기 말 일곱 마리가 모두 말갈기를 휘날리며 나란히 달리기 시작했습니다.

『멋지다!』

가스케는 공중으로 뛰어오를 듯 달렸습니다. 하지만 아무리 봐도 그걸 경마라고 할 수는 없었습니다.

말들이 계속 머리를 나란히 하고 달리는 데다가, 경주라고 할 정도로 빨리 달리는 것도 아니었습니다. 그래도 아이들은 재미있어서 『이럇! 이럇!』 하면서 열심히 그 뒤를 쫓아갔습니다.

말들은 조금 달리더니 멈출 것 같았습니다. 아이들은 모두 숨이 찼지만, 꾹 참고 말을 쫓아갔습니다. 그런데 어느 틈에 말들이 언덕을 빙 돌아서 아까 아이들이 들어온 곳으로 갔습니다.

『아, 말 나간다, 말 나간다! 잡아라, 잡아!』

이치로는 새파랗게 질려 소리쳤습니다.

말은 정말로 둑 바깥으로 나갈 것만 같았습니다. 그렇게 계속 달려서 아까 통나무 기둥을 넘어갈 듯했습니다.

이치로는 너무 당황하여 『어떡해, 어떡해, 어떡해』 하고 외치며 있는 힘껏 뛰어가서 거기에 도착하자마자 넘어질 듯 손을 뻗었을 때는, 벌써 말 두 마리가 밖으로 나가 버린 후였습니다.

『빨리 와서 잡아, 빨리 와.』

이치로는 숨이 끊어질 것처럼 고함을 치면서 통나무 기둥을 원래대로 해 놓았습니다.

나머지 아이들이 달려와 급히 통나무 문을 빠져나왔는데, 두 마리 말은 더 이상 달리고 싶지 않은지 둑 바깥에 서서 입으로 풀을 잡아당겨 뽑고 있었습니다.

『살살 잡아, 천천히.』 하고 말하면서 이치로는 그중 한 마리의 재갈에 매달린 이름표를 꽉 움켜잡았습니다. 가스케와 사부로가 다른 한 마리를 잡으려고 곁으로 다가가자, 말은 놀라서 둑을 따라 쏜살같이 남쪽으로 달아나고 말았습니다.

『형! 말이 도망쳐. 말이 도망친다구! 형, 말이 달아났어!』

뒤에서 이치로가 열을 올리며 소리를 지르고 있습니다. 사부로와 가스케는 열심히 말을 쫓아갔습니다.

그런데 말은 이번엔 정말로 도망칠 생각이었던 것 같았습니다. 키 높이까지 자란 풀을 헤치고 보였다 안 보였다 하면서 멈추지 않고 끝없이 달려갔습니다. 가스케는 이미 다리에 감각이 없어져서 지금 어디를 어떻게 달리고 있는지도 모를 지경이 되었습니다. 눈앞이 파래지고 뱅글뱅글 돌더니 마침내 깊은 수풀 속에서 넘어지고 말았습니다. 검붉은 말갈기와 발자국을 쫓아가는 사부로의 새하얀 모자가 수풀 사이로 잠깐 보였습니다.

가스케는 눈을 들어 하늘을 보았습니다. 새하얗게 빛나는 하늘이 빙글빙글 돌고, 저쪽에서 옅은 잿빛 먹구름이 빠르게 몰려오며 콰르릉콰르릉 소리를 내고 있었습니다.

가스케는 가까스로 일어서서 숨을 몰아쉬며 말이 달려간 쪽으로 걸어가기 시작했습니다. 수풀 속에는 방금 말과 사부로가 지나간 흔적인 듯 희미한 길이 나 있었습니다. 가스케는 웃었습니다.

그리고 「뭐야. 말, 무서워서 어딘가에 멈춰 서 있겠지.」 하고 생각했습니다.

가스케는 열심히 그 길을 따라 걸었습니다. 그런데 뚜깔이랑 아주 키가 큰 엉겅퀴덤불 속을 백 보도 채 걷기 전에 그와 똑같이 생긴 길이 두 갈래로 세 갈래로 갈라져서 어디가 어딘지 도통 알 수가 없었습니다. 가스케는 이봐! 하고 크게 소리를 질렀습니다.

야! 하고 어딘가에서 사부로가 외치는 소리가 들린 것 같았습니다.

가스케는 아무 생각 없이 한가운데 길로 걸어갔습니다. 그렇지만 길은 때때로 끊어지거나 말이 가지 않을 것 같은 가파른 언덕 옆으로 나 있는 것이었습니다.

하늘은 어둡게 내려앉았고, 주위에 뿌연 안개가 끼기 시작했습니다. 차가운 바람이 풀밭을 가로질러 불기 시작하고, 조각난 구름과 안개가 눈앞을 지나갔습니다. 「아아, 큰일 났어. 나쁜 일이 이제부터 몰려올 거야.」 하고 가스케는 생각했습니다.

가스케의 생각대로 말이 지나간 흔적이 수풀 속에서 갑자기 사라지고 말았습니다. 「아, 큰일이야, 큰일이야.」 가스케의 가슴은 두근거렸습니다. 풀은 줄기를 구부렸다가 탁 하고 튀어 오르기도 하고, 사라락사라락 소리를 내기도 했습니다. 안개가 한층 짙어져 옷은 완전히 젖고 말았습니다. 가스케는 목청껏 소리쳤습니다.

『이치로, 이치로! 이쪽으로 와!』

그러나 아무 대답도 들리지 않았습니다. 칠판에서 떨어지는 분필 가루처럼 검고 차가운 안개 가루가 온통 춤추며 날아다니고, 주위는 갑자기 고요해져서 음산하게, 점점 음산하게 되었습니다. 풀에서는 벌써 똑똑 물방울 떨어지는 소리가 들렸습니다.

가스케는 서둘러 이치로가 있는 곳으로 돌아가려고 했습니다. 그렇지만 아무래도 그곳은 전에 왔던 곳이 아닌 듯했습니다. 우선 엉겅퀴가 너무 많이 있는데다, 풀이 나 있는 바닥에는 아까 없었던 바위도 여러 개 굴러다니고 있었습니다. 그러다 마침내 한 번도 본 적이 없는 큰 골짜기가 갑자기 눈앞에 나타났습니다. 억새가 서걱서걱 소리를 내고, 건너편은 깊이를 알 수 없는 계곡처럼 안개 속으로 빨려 들어가고 있었던 것입니다.

바람이 불자 수없이 많은 억새 이삭이 가느다란 손을 뻗어 흔들며, 『아, 서녘님. 아, 동녘님. 아, 서녘님. 아, 남녘님. 아, 서녘님.』 하고 말하는 듯했습니다.

가스케는 그 광경이 정말 보기가 싫어 눈을 감고 고개를 돌렸습니다. 그리고 서둘러 왔던 길을 되돌아갔습니다. 좁고 검은 길이 갑자기 덤불 속에서 나타났습니다. 수없이 많은 말발굽 자국이 만든 길이었습니다. 가스케는 저도 모르게 짧은 웃음을 짓더니 그 길을 척척 걸어갔습니다.

그렇지만 완전히 마음을 놓을 수도 없는 것이 길은 넓이가 고작 한 뼘 정도 되었다가 다시 한 걸음 정도로 넓어지기도 했고, 게다가 왠지 빙빙 돌고 있는 것 같다는 생각도 들었습니다. 그러다 드디어 꼭대기가 그을린 커다란 밤나무 앞까지 왔을 때, 희미하게 몇 갈래로 갈라지고 말았습니다.

그것은 마치 안개 속에서 둥근 광장처럼 보였습니다. 아마 야생말이 모이는 장소 같았습니다.

가스케는 실망하여 시커먼 길을 다시 되돌아오기 시작했습니다. 이름 모를 풀이 삭이 조용히 흔들렸습니다. 바람이 세게 불자 어딘가에서 누군가가 신호라도 보내는 듯, 풀들이 『야, 왔다.』 하면서 몸을 엎드려 피했습니다.

하늘이 번쩍 빛나고 콰릉콰릉 울렸습니다. 그러자 눈앞에 가득한 안개 속에서, 집처럼 생긴 크고 검은 물체가 나타났습니다. 가스케는 잠시 자기 눈을 의심하며 멈춰 섰지만, 역시 아무래도 집인 것 같아 조심조심 더 가까이 다가가 보았습니다.

그것은 차갑고 큰 검은 바위였습니다.

하늘이 빙글빙글 흔들리고, 풀이 후두두 한꺼번에 물방울을 털어냈습니다.

『잘못해서 들판 건너편으로 내려가면 마타사부로도 나도 끝장이야.』하고 가스케는 중얼거렸습니다. 그리고 소리를 크게 질렀습니다.

『이치로오, 이치로오! 어디 있어, 이치로오!』

다시 주위가 밝아졌습니다. 풀들이 일제히 기쁜 한숨을 내쉬었습니다.

『伊佐戶 마을의 전기공 아이, 산사나이에게 손발이 묶인 듯하네.』하고 언젠가 누군가가 했던 말이 분명히 귀에 들려왔습니다.

그리고 검은 길은 갑자기 사라져 버렸습니다. 주위가 아주 잠깐 고요해졌습니다. 그러고는 아주 세찬 바람이 불어왔습니다.

하늘이 깃발처럼 펄럭펄럭 나부끼듯 빛났고, 불꽃이 빠지직 튀었습니다.

가스케는 결국 덤불 속에 쓰러져 잠이 들고 말았습니다.

＊

 그런 일은 모두 어디 먼 곳에서 일어난 일인 듯했습니다. 어느새 바로 눈앞에서 마타사부로가 다리를 쭉 뻗고 말없이 하늘을 올려다보고 있는 것입니다. 늘 입던 회색 셔츠 위에 유리 망토를 두르고 있습니다. 그리고 빛나는 유리 구두를 신고 있습니다. 마타사부로의 어깨 위로 밤나무 그림자가 짙푸르게 드리워져 있습니다. 마타사부로의 그림자 또한 파랗게 풀 위에 드리워져 있습니다. 그리고 바람이 끊임없이 불고 있습니다. 마타사부로는 웃지도 않고 아무 말도 하지 않습니다. 다만 조그만 입술을 굳게 다문 채 말없이 하늘을 보고 있습니다. 갑자기 마타사부로가 홀쩍 하늘로 날아오릅니다. 유리 망토가 번쩍번쩍 빛납니다.

　　　　＊

가스케는 눈을 떴습니다. 회색 안개가 빠르게 날리고 있었고 그리고 바로 눈앞에 말이 우두커니 서 있었습니다. 그 눈은 가스케를 겁내며 옆을 향하고 있었습니다. 가스케는 벌떡 일어나 말의 이름표를 꼭 붙잡았습니다. 그 뒤에서 사부로가 마치 색깔이 빠진 듯 창백한 입술을 꼭 다물고 걸어 나왔습니다. 가스케는 벌벌 떨었습니다.

『어어이!』

안개 속에서 이치로의 형 목소리가 들렸습니다. 천둥도 꽝꽝 울렸습니다.

『어이, 가스케! 어디 있는 거야, 가스케!』

이치로 목소리도 들렸습니다. 가스케는 기뻐서 펄쩍 뛰어 올랐습니다.

『어이, 여기 있어. 여기야. 이치로, 어이.』

이치로의 형과 이치로가 갑자기 눈앞에 나타났습니다. 가스케는 펑펑 울기 시작했습니다.

『찾았다. 큰일 날 뻔했어. 쫄딱 젖었구나. 어쩌지?』

이치로의 형은 익숙한 손길로 말의 목을 끌어안더니 가지고 온 재갈을 재빨리 입에 물렸습니다.

『자, 가자.』

『마타사부로, 깜짝 놀랬지?』

이치로가 사부로에게 말했습니다. 사부로는 말없이 입을 꼭 다물고 고개를 끄덕였습니다.

아이들은 이치로의 형을 따라 완만하게 경사진 언덕 두 개를 올라갔다 내려왔습니다. 그리고 검고 큰 길을 따라 잠시 걸었습니다.

번개가 두 번 정도 희미하고 하얗게 번쩍였습니다. 풀을 태우는 냄새가 나고 연기가 안개 속에서 조용히 흐르고 있었습니다.

이치로의 형이 외쳤습니다.

『할아버지, 찾았어요. 모두 있어요.』

할아버지는 안개 속에 서서 『아, 걱정했다, 걱정했어. 다행이야, 가스케. 춥지? 자, 들어오렴.』 하고 말했습니다. 가스케는 이치로와 마찬가지로 이 할아버지의 손자인 듯했습니다.

반쯤 그을린 밤나무 밑동에 풀로 만든 움집이 있었고, 활활 빨간 불이 타오르고 있었습니다.

이치로의 형은 말을 졸참나무에 묶었습니다. 말은 히히힝 하고 울었습니다.

『불쌍해라. 얼마나 울었니? 그 애는 금광을 파는 집 아이란다. 자, 떡 좀 먹어 보렴. 어서. 지금 더 구울 테니까. 모두 어디까지 갔다 온 게냐?』

『사사나가네笹長根로 나오는 길까지요.』 하고 이치로의 형이 대답했습니다.

『큰일 날 뻔했구나. 위험했어. 그쪽으로 내려가면 말도 사람도 끝이야. 자, 가스케. 떡 먹으렴. 너도 먹어라. 자, 자. 너도 먹거라.』

『할아버지. 말을 놓고 올까요?』 하고 이치로의 형이 말했습니다.

『아니, 아니. 마부가 오면 또 성가시니까. 좀 기다려 봐. 곧 다시 갤 거야. 아휴, 걱정했다. 나도 도라코야마(虎ㄷ山) 아래까지 가 보고 왔는데. 정말 다행이구나. 비도 곧 그칠 게야.』

『오늘 아침엔 정말 날씨가 좋았는데.』

『그래. 또 좋아지겠지. 아, 비가 새는구나.』

이치로의 형이 밖으로 나갔습니다. 천장에서 부스럭부스럭 소리가 났습니다. 할아버지가 웃으면서 천장을 올려다보았습니다. 형이 다시 안으로 들어왔습니다.

『할아버지, 밝아졌어요. 비가 갰어요.』

『으음, 그래? 모두 불을 쬐렴. 난 또 풀을 벨 테니까.』

안개가 갑자기 걷혔습니다. 햇살이 살짝 비쳐 들어왔습니다. 해는 조금 서쪽으로 기운 곳에 걸려 있었고, 도망치다 늦은 몇 조각 밀랍 같은 안개에 햇살이 비추었습니다.

풀잎에서는 물방울이 반짝거리며 떨어지고, 잎이란 잎, 줄기란 줄기, 꽃이란 꽃은 모두 올해의 마지막 햇빛을 빨아들이고 있었습니다.

서녘 아득히 푸른 들판은, 이제 막 울음을 그친 듯 눈부시게 웃고, 건너편 밤나무는 새파란 빛을 발하고 있었습니다. 지칠 대로 지친 아이들은 이치로를 앞세우고 우에노노하라를 내려왔습니다. 샘물이 있는 곳에 다다르자 사부로는 역시 꼭 입을 다문 채 아이들과 헤어져 홀로 아버지가 계신 오두막집으로 향했습니다.

돌아가는 길에 가스케가 말했습니다.

『저 녀석, 역시 바람의 신이야. 바람 신의 아들이라구. 저기서 둘이 둥지를 틀고 살고 있는 거야.』

『그렇지 않아.』

이치로가 말했습니다.

9월 5일

다음 날은 아침 동안에는 비가 내렸지만, 둘째 시간부터 점점 개어 셋째 시간이 끝나고 십 분 휴식 시간에는 드디어 완전히 그쳤습니다. 여기저기에 오려낸 듯 생겨난 푸른 하늘 아래로 새하얀 비늘구름이 자꾸자꾸 동쪽으로 달려갔고, 뒷산 억새에서도 밤나무에서도 구름이 김처럼 피어났습니다.

『학교 끝나면 머루 따러 가지 않을래?』

고스케가 가스케에게 살짝 말했습니다.

『가자. 갸, 마타사부로, 같이 안 갈래?』 가스케가 사부로에게 말했습니다. 고스케는 『야, 거긴 마타사부로한텐 안 가르쳐줄 거야』 하고 말했지만, 사부로는 그것도 모르고, 『나도 갈래. 홋카이도에서 따 봤어. 우리 엄마는 나무통으로 두 통이나 땄는 걸.』 하고 말했습니다.

『머루 따는 데 나도 데려가 줘.』 2학년인 쇼키치^{承吉}도 말했습니다.

『싫어. 너한테는 안 가르쳐 줄 거야. 내가 작년에 새로운 곳을 발견한 거라구.』

아이들은 모두 수업이 끝나기만을 기다리고 기다렸습니다. 다섯째 시간이 끝나자 이치로와 가스케, 고스케, 사타로, 에쓰지, 마타사부로 이렇게 여섯 명은 학교에서 상류 쪽으로 거슬러 올라갔습니다.

그렇게 조금 올라가니 보릿짚으로 지붕을 얹은 집 한 채가 있고 그 앞에 작은 담배밭이 있었습니다. 이미 아래쪽 잎이 뜯겨져 있었는데, 담배 줄기가 숲처럼 가지런히 서 있는 것이 너무나도 재미있었습니다.

그런데 갑자기 마타사부로가 『뭐야, 이 잎은?』 하고 말하면서 잎을 한 장 뜯어서 이치로에게 보여 주었습니다. 그러자 이치로는 깜짝 놀라 『야, 마타사부로!

담뱃잎 뜯으면 전매청 사람한테 엄청 혼난단 말이야. 야, 뭐 하러 그걸 뜯었어!』

하고 조금 험악한 표정을 지으며 말했습니다. 아이들도 저마다 거들었습니다.

『야, 전매청에서 잎을 하나하나 헤아려 장부에다 적어 놓았는데. 난 몰라.』

『나도 몰라.』

『나도 몰라.』

모두 입을 모아 장단을 맞추었습니다.

그랬더니 사부로가 얼굴이 새빨개져서 담뱃잎 홰홰 돌리며 잠시 뭔가를 생각하는가 하더니 『모르고 뜯은 거야!』 하고 화를 내듯 말했습니다.

아이들은 무서운 듯 혹시 누가 본 사람은 없는지 건너편 집을 살펴보았습니다.

담배밭에 자욱하게 피어오르는 김 저편, 고요한 그 집에는 아무도 없는 것 같았습니다.

『저기는 1학년 고스케네 집이야.』
小助

가스케가 달래 주듯 말했습니다. 하지만 고스케는 자기가 제일 먼저 발견한 머루나무에 사부로나 다른 아이들이 너무 많이 오는 바람에 재미가 없어져서 사부로에게 심술을 부렸습니다.

『야, 마타사부로. 넌 그것도 모르니? 한심하구나. 마타사부로, 담뱃잎 원래대로 붙여 봐!』

사부로는 난처한 듯 잠시 조용히 있었습니다. 그러다가 『그럼 여기에 놓고 가면 되잖아!』 하고 말하고는 아까 그 담배 줄기 아래에 담뱃잎을 살짝 기대어 세워 놓았습니다. 그러자 이치로는 『빨랑 가자.』 하고 말하며 앞장서서 걷기 시작했습니다. 아이들도 그 뒤를 따라갔습니다. 고스케 혼자만 맨 뒤에 남아서 『칫, 난 몰라? 어라? 저기 마타사부로가 놓아 둔 잎이 있네!』 하고 투덜댔지만, 아이들이 모두 이치로를 따라 걸어가자 고스케도 결국 그 뒤를 따라갔습니다.

억새밭 사이로 난 오솔길을 따라 산을 조금 올라가니, 남쪽으로 움푹 들어간 곳에 밤나무가 몇 그루 서 있고, 그 아래 둥글고 커다란 머루 덩굴이 있었습니다.

『내가 찾은 덩굴이니까, 너무 많이 따면 안 돼!』

고스케가 말했습니다.

그러자 사부로는 『난 밤을 딸 거야.』 하며 돌을 주워 밤나무 가지에 던졌습니다. 파릇한 밤송이가 하나 떨어졌습니다.

사부로는 나무 막대기로 밤송이를 까서 아직은 하얀 밤톨을 두 개 꺼냈습니다.

다른 아이들은 머루를 따느라 열심이었습니다.

그러는 사이, 고스케가 머루 덩굴 쪽으로 가려고 밤나무 아래를 지나갈 때, 갑자기 머리 위에서 물방울이 후두두둑 떨어지는 바람에 고스케는 어깨에서 등까지 물에 빠진 것처럼 젖고 말았습니다. 깜짝 놀라 입을 헤 벌린 고스케가 나무 위를 다 보았더니, 언제 올라갔는지 나무 위에서 사부로가 왠지 실실 웃으며 소맷자락으로 얼굴을 훔치고 있었습니다.

『야, 마타사부로. 무슨 짓이야!』

고스케는 탓이라도 하는 말투로 나무 위에다 대고 말했습니다.

『바람이 분 거야.』

사부로 위에서 킥킥대며 말했습니다.

고스케는 나무 밑을 벗어나서 또 다른 덩굴에서 머루를 따기 시작하더니 이윽고 여기저기 혼자서는 들 수 없을 만큼 모았고, 입 언저리가 보랏빛으로 물들어 입이 크게 보였습니다.

『자, 많이 땄으니까 이제 가자.』

이치로가 말했습니다.

『난 더 따다가 갈 거야.』

고스케가 말했습니다.

그 순간, 고스케의 머리 위에서 다시 한 번 후두두둑 차가운 물방울이 쏟아졌습니다. 고스케는 깜짝 놀라 나무 위를 쳐다보았습니다. 하지만 이번에는 사부로의 모습은 나무 위에 없었습니다.

그러나 나무 뒤편에 사부로의 회색 옷소매가 보이는데다, 킥킥대는 소리도 났기 때문에 고스케는 완전히 열이 받고 말았습니다.

『야, 마타사부로. 또 나한테 물을 뒤집어씌운 거냐?』

『바람이 분 거라구.』

아이들은 와 하고 웃었습니다.

『야, 마타사부로. 네가 위에서 나무를 흔들었잖아.』

아이들은 또 와 하고 웃었습니다.

그러자 고스케는 원망스러운 듯 말없이 사부로의 얼굴을 잠시 쳐다보다가 말했습니다.

『야, 마타사부로. 너 같은 애는 세상에서 없어졌으면 좋겠다.』

그 말을 듣고 사부로는 능글맞게 웃었습니다.

『고스케, 미안해.』

고스케는 다른 말을 더 해주려고 했습니다만, 너무 화가 난 나머지 아무 것도 생각이 나지가 않았습니다. 그래서 방금 전과 똑같이 소리쳤습니다.

『마타사부로, 너 같은 애는 세상에서 없어졌으면 좋겠다!』

『미안해. 하지만 네가 나한테 심술을 부렸잖아.』

사부로는 눈을 껌뻑거리며 미안한 기색으로 말했습니다. 그렇지만 고스케는 좀처럼 분이 풀리지 않은 모양입니다. 그래서 같은 말을 세 번이나 되풀이했습니다.

『야, 마타사부로! 너 같은 바람은 세상에서 없어졌으면 좋겠다! 못됐어.』

그러자 사부로는 조금 재미있다는 듯 다시 킥킥대며 물었습니다.

『바람이 없어졌으면 좋겠다니 무슨 말이야? 예를 들어서 말해 볼래? 어서.』

사부로는 선생님 같은 표정을 지으며 손가락을 하나 내밀었습니다. 고스케는 꼭

시험을 보는 것 같은데다 일이 재미없게 되어버린 것 같아 분했지만 어쩔 수 없이 잠시 생각하고 나서 말했습니다.

『넌 장난만 치잖아. 우산을 망가뜨리고.』

『그리고? 그리고?』

사부로는 재미있다는 듯 한 발짝 다가서셨습니다.

『그리고 나무를 부러뜨려. 쓰러뜨리고.』

『그리고, 그리고 어떻게 하는데?』

『집도 망가뜨려.』

『그리고? 그리고 또 어떻게 하는데?』

『등불도 꺼뜨려.』

『그리고 그 다음엔? 그 다음엔? 뭘 어떻게 하는데?』

『모자도 벗겨.』

『그리고 그 다음엔? 뭘 어떻게 하는데?』

『삿갓도 벗겨 가.』

『그 다음엔?』

『그 다음에는 음…… 음…… 전봇대도 넘어뜨려.』

『그리고? 그리고?』

『그리고 지붕도 날아가게 해.』

『아하하하, 지붕은 집이 잖아, 어때, 또 있어? 그리고? 그리고?』

『그리고…… 어…… 램프도 꺼뜨려.』

『아하하핫. 램프가 바로 등불이잖아. 그런데 그것뿐이야? 그리고? 그리고?

『그리고?』

고스케는 말문이 막히고 말았습니다. 이미 거의 다 말해 버려서 아무리 생각해도 더는 댈 수가 없었습니다.

사부로는 재미있다는 듯 손가락을 하나 세우고는 『그리고? 그리고? 응? 그리고?』하고 말하는 것이었습니다.

고스케는 얼굴이 빨개져서 잠깐 생각하더니 겨우 대답했습니다,

『풍차도 망가뜨려!』

그러자 사부로는 이번에야말로 펄쩍 뛰며 웃는 것이었습니다. 아이들도 웃었습니다. 웃고 웃고 또 웃었습니다.

사부로가 겨우 웃음을 멈추고 말했습니다.

『그것 봐. 풍차 같은 걸 대고 말았잖아. 풍차는 바람을 못됐다고 생각하지 않을 거야. 가끔 망가뜨릴 때도 있지만 날개를 돌려 줄 때가 훨씬 더 많으니까. 풍차는 바람을 절대 나쁘게 생각 안 해. 게다가 너 아까부터 음, 음, 어, 어, 이러다가 결국 풍차 같은 걸 대 버렸잖아. 아, 너무 웃겨.』

사부로는 또 눈물이 나올 정도로 웃었습니다.

고스케도 아까부터 너무 난처한 나머지 화가 났던 것도 점점 잊어버렸습니다. 그러다 결국 사부로와 함께 웃음보를 터뜨리고 말았습니다. 그러자 사부로도 완전히 기분이 좋아져서 『고스케, 장난쳐서 미안.』 하고 말했습니다.

『자, 그럼 가자.』 이치로는 그렇게 말하면서 사부로에게 머루를 다섯 송이쯤 건네주었습니다.

사부로는 새하얀 밤을 아이들 모두에게 두 알씩 나누어 주었습니다. 그리고 아이들은 아래 길가까지 함께 내려가서 각자 집으로 돌아갔습니다.

9월 7일

다음다음 날 아침. 축축한 안개가 내려 학교 뒷산이 희미하게 보였습니다. 그런데 이날도 역시 둘째 시간부터 점점 날이 개기 시작하더니 점점 하늘이 새파래지고 해는 쨍쨍해져 저학년 수업이 끝나고 점심시간이 되자마자 마치 여름처럼 더워졌습니다.

점심시간을 지나서는 선생님도 교단에서 땀을 연거푸 닦았고 글씨 연습을 하는 4학년도, 그림을 그리는 5、6학년도 모두 너무나 더워서 붓을 쥐고 꾸벅꾸벅 졸았습니다.

수업이 끝나자마자 아이들은 강 아래쪽으로 다 함께 몰려갔습니다. 가스케가
『마타사부로, 수영하러 갈래? 지금쯤 저학년 애들도 거기 있을 거야.』하고 말했기에 사부로도 따라 나섰습니다.

그곳은 일전에 갔던 우에노하라보다 조금 더 강 아래쪽에 있었는데, 계곡에서 내려오는 물줄기가 오른편에서 하나 더 더해져 강 폭이 넓어지고, 조금 더 아래쪽에는 큰 쥐엄나무가 있는 절벽으로 둘러싸여 있었습니다.

『여기야!』 하고 먼저 와 있던 꼬마들이 벌거벗은 채 양손을 들고 소리쳤습니다. 이치로와 다른 아이들 모두 강변 자귀나무 틈새를 꼭 경주하듯 뛰어가 후다닥 옷을 벗어 던지고는 풍덩풍덩 물에 뛰어들더니 두 다리로 번갈아 찰박찰박 물을 차면서 줄을 지어 건너편 물가를 향해 비스듬히 헤엄치기 시작했습니다. 먼저 와 있던 꼬마들도 뒤따라 붙어서 헤엄쳤습니다.

사부로 옷을 벗고 아이들 뒤쪽에서 헤엄치다가, 도중에 우하하 소리를 지르며 웃었습니다.

건너편 물가에 먼저 도착한 이치로가 바다표범처럼 머리카락을 머리에 착 붙이고는 보랏빛 입술을 덜덜 떨면서 『야, 마타사부로, 왜 웃은 거냐?』하고 물었습니다. 사부로도 물에서 올라와 벌벌 떨면서 『이 강, 차가워.』하고 말했습니다.

『마타사부로, 왜 웃었냐까?』

이치로는 다시 물었습니다.

사부로는 『너희들 수영하는 게 이상해서. 왜 발로 첨벙첨벙 소리를 내?』 하고 말하면서 또 웃었습니다.

이치로는 크게 소리를 질렀지만, 왠지 쑥스러워서 『돌 찾기 할래?』 하고 말하며 둥글고 하얀 돌을 주웠습니다.

『할래, 할래!』

아이들은 입을 모아 외쳤습니다.

『그럼 내가 저 나무 위에서 떨어뜨릴 테니까.』 이치로는 이렇게 말하고 절벽 중간에 있는 쥐엄나무를 타고 올라갔습니다. 그리고 『자, 던진다. 하나, 둘, 셋!』

하고는 하얀 돌멩이를 물에 풍덩 떨어뜨렸습니다.

아이들은 앞 다투어 물가에서 거꾸로 물에 뛰어들어 희끄무레한 수달처럼 바닥으로 자맥질하여 돌을 잡으려고 했습니다. 하지만 바닥에 닿지도 못하고 숨이 막혀

물 위로 떠올라 차례로 푸우 하고 하늘로 물안개를 내뿜었습니다.

사부로는 잠자코 아이들이 어떻게 하는지 보고 있다가 아이들이 모두 떠오르자 자기도 풍덩 하고 물로 뛰어들었습니다. 하지만 역시나 바닥까지 닿지 못한 채 떠올라서 아이들은 모두 아하하 하고 웃었습니다.

그때 강 건너 자귀나무가 있는 곳에서 윗도리를 벗은 어른 넷이 그물을 들고 오는 것이었습니다. 이치로는 나무 위에서 낮은 목소리로 아이들에게 말했습니다.

『아, 発破(발파)다. 모르는 척해. 돌 찾기는 그만하고 빨리 하류로 내려가!』

이치로는 손을 이마에 대고 한 번 더 그쪽을 살펴보더니 나무 위에서 풍덩 거꾸로 물에 뛰어들었습니다. 그리고 자맥질을 하며 아이들 뒤를 따라갔습니다.

아이들은 하류 쪽 물이 얕은 곳에 모였습니다.

『모르는 척하고 놀고 있어, 모두.』

이치로가 말했습니다. 아이들은 숫돌을 줍는다든가, 할미새를 쫓는 시늉을 하면서 발파 따위 안중에도 없는 듯이 행동했습니다.

그때 건너편 물가 쪽에 하류에서 광부로 일하는 쇼스케(庄助)가 잠깐 이쪽저쪽을 살펴보더니 갑자기 책상다리를 하고 자갈밭 위에 앉았습니다. 그러고 나서 천천히 허리춤에서 담배통을 꺼내 곰방대를 물고 뻐끔뻐끔 연기를 내뿜었습니다. 안 그래도 이상하다고 생각하고 있던 차에 쇼스케는 허리춤에서 뭔가를 꺼냈습니다.

『발파다, 발파!』하고 아이들이 소리쳤습니다.

이치로가 손을 흔들며 아이들이 소리치는 것을 멈추게 했습니다. 쇼스케는 곰방대의 불을 조용히 무엇인가로 옮겨 붙였고, 그 뒤에 있던 한 사람이 물에 들어가더니 그물을 들었습니다. 쇼스케는 물에 한 걸음 들어가 침착하게 서서 손에 든 것을 쥐엄나무 아래로 던졌습니다. 그러자 잠시 후, 쾅 하는 큰 소리가 나더니 물이 출렁 솟아오르고, 그 주변이 쿠쿵 하고 울렸습니다. 건너편에 있던 어른들은 모두 물로 들어갔습니다.

『자, 떠내려 올 거야. 전부 잡아.』 하고 이치로가 말했습니다. 그러자 고스케는 모로 누워 떠내려 오는 새끼손가락만 한 갈색 둑중개를 건졌고, 그 뒤에 있던 가스케가 신이 나 어쩔 쭐 모르는 소리를 냈습니다. 한 뼘이나 되는 붕어를 잡고 얼굴이 새빨갛게 상기되어 기뻐하고 있었던 것입니다. 물고기를 잡은 아이들이 모두 와글거리며 기뻐했습니다.

『조용히 해, 조용!』 이치로가 말했습니다.

강 건너에서 웃통을 벗었는지 셔츠를 입었는지 어른 대여섯이 달려왔습니다. 그 뒤로 꼭 영화에 나오는 것처럼 그물 셔츠를 입은 사람이 안장 없는 말을 타고 쏜살같이 달려왔습니다. 발파하는 소리를 듣고 구경하러 온 것입니다.

쇼스케는 잠시 팔짱을 끼고 아이들이 고기를 잡는 것을 보고 있다가 『한 마리도 없군.』 하고 말했습니다. 그런데 사부로가 어느새 쇼스케 옆에 가 있었습니다. 그리고 중간 크기 붕어를 두 마리, 『물고기 돌려줄게요.』 하고 말하고는 강변

에던지듯 놓았습니다. 그러자 쇼스케가 『뭐야, 이 녀석. 이상한 놈이군』하고 말하면서 사부로를 빤히 쳐다보았습니다.

사부로는 조용히 다시 돌아왔습니다. 쇼스케는 여전히 얼빠진 표정으로 사부로를 쳐다보고 있었고, 아이들은 와 하고 웃었습니다.

쇼스케는 말없이 상류 쪽으로 걸어갔습니다. 다른 어른들도 그 뒤를 따라갔고 그 물 셔츠를 입은 사람 역시 다시 말을 타고 돌아갔습니다. 고스케가 헤엄쳐 가서 사부로가 놓고 온 고기를 도로 가져왔습니다. 그러자 아이들은 또 웃었습니다.

『또 발파하면 작은 고기는 나한테 맡겨!』

가스케가 강변 모래밭 위에서 경중거리며 소리 높이 외쳤습니다.

아이들은 돌로 둘러친 작은 웅덩이를 만들어서 잡은 물고기가 깨어나도 도망치지 못하게 해 놓고, 다시 상류 쪽 쥐엄나무가 있는 데로 거슬러 올라가기 시작했습니다. 정말로 더워져서, 자귀나무는 마치 한여름처럼 축 늘어져 있었고, 하늘도 마치 바닥없는 연못처럼 깊어 보였습니다.

그때 아이들 중 하나가 『아, 누가 웅덩이를 부수려고 해!』 하고 외쳤습니다.

그쪽을 쳐다보니 이상하게 코가 뾰쪽하고 양복에 짚신을 신은 어떤 사람이 손에 지팡이 같은 걸 들고 아이들이 만든 고기 웅덩이를 휘젓고 있는 것이었습니다.

『아, 저건 전매청 사람이야, 전매청.』

사타로가 말했습니다.

『마타사부로, 네가 뜯은 담뱃잎을 발견한 거야. 너 잡으려고 온 거라구!』

가스케가 말했습니다.

『뭐야, 안 무서워.』

마타사부로는 입술을 꼭 깨물었습니다.

『모두 마타사부로를 감싸, 빨리!』

이치로가 말했습니다.

그러자 아이들은 모두 마타사부로를 쥐엄나무 제일 안쪽 가지에 앉히고 자기들은 마타사부로 곁에 빙 둘러앉았습니다.

그 남자는 이쪽으로 철벅철벅 물가를 걸어왔습니다.

『왔다, 왔어. 왔다, 왔어.』

아이들은 숨을 죽였습니다. 그런데 그 남자는 마타사부로를 잡으려고 하지도 않고 아이들 앞을 지나가더니 바로 위에 있는 얕은 물가를 건너가려고 했습니다. 그것도 곧장 강을 건너는 게 아니라 더러워진 짚신과 발싸개를 신은 채로 물에 씻으려는 듯 벌써 몇 번이나 왔다 갔다 하는 바람에 무섭다는 생각은 점점 들지 않게 되었지만, 대신 기분이 몹시 나빠졌습니다. 그러다가 이치로가 드디어, 『야, 내가 먼저 말할 테니까, 너희는 하나, 둘, 셋, 하고 나서 소리 질러, 알겠지?』 하더니 크게 외쳤습니다. 『그렇게 강을 더럽히지 마세요! 선생님이 항상 말씀하셨잖아요! 하나, 둘, 셋.』

『그렇게 강을 더럽히지 마세요! 선생님이 항상 말씀하셨잖아요!』

깜짝 놀랐는지 그 남자는 이쪽을 돌아보았지만, 무슨 말인지 잘 안 들렸던 모양입니다. 그러자 아이들은 또 소리쳤습니다.

『그렇게 강을 더럽히지 마세요! 선생님이 항상 말씀하셨잖아요!』

코가 뾰족한 그 남자는 담배를 피울 때처럼 뻐끔거리는 입 모양으로 말했습니다.

『이 물을 마시는 거니? 여기에서는?』

『그렇게 강을 더럽히지 마세요! 선생님이 항상 말씀하셨잖아요!』

코가 뾰족한 남자는 어쩐지 난처한 듯이 또 말했습니다.

『강가를 걸어가면 안 되니?』

『그렇게 강을 더럽히지 마세요! 선생님이 항상 말씀하셨잖아요!』

그 사람은 당황한 것을 감추려는 것처럼 일부러 천천히 강을 건너더니, 알프스 탐험대 같은 자세로 파란 진흙과 붉은 자갈로 된 비스듬히 올라가서는 그 위에 있는 담배밭으로 들어갔습니다.

그러자 마타사부로는 『쳇, 날 잡아 가려고 온 게 아니잖아.』 하면서 제일 먼저 물에 풍덩 뛰어들었습니다.

아이들은 왠지 그 남자도, 사부로도 불쌍하다는 생각이 들어 이상하게 허탈해져 한 사람씩 차례로 나무에서 뛰어내린 다음 강가로 헤엄쳐 가 물고기를 수건에 싸거나 손에 집어 들고 집으로 돌아갔습니다.

9월 8일

다음 날 아침, 수업이 시작되기 전에 아이들 모두가 운동장에서 철봉에 매달리거나 막대 감추기 놀이를 하고 있었는데, 조금 늦게 온 사타로가 뭔가를 넣은 소쿠리를 몰래 들고 왔습니다.

『뭐야? 뭔데?』

모두 그리로 달려가 들여다보았습니다.

그러자 사타로는 소맷자락으로 바구니를 감추듯이 하면서 서둘러 학교 뒤 바위굴이 있는 곳으로 갔고 아이들은 우르르 그 뒤를 따라갔습니다. 이치로가 바구니 안을 들여다보더니 갑자기 안색이 변했습니다. 비린내를 빼는 데 쓰는 산초 가루였는데, 그것을 함부로 사용하면 발파와 마찬가지로 순경에게 붙잡혀 갔습니다. 그런데도 사타로는 산초 가루를 바위굴 옆 억새 수풀 속에 감추더니 아무 일 없었다는 표정으로 운동장으로 돌아왔습니다.

그래서 아이들은 수업 시간이 될 때까지 몰래몰래 그 이야기만 했습니다.

그날도 역시 열 시 무렵부터 어제처럼 더워졌습니다. 아이들은 벌써부터 수업이 끝나기만을 기다렸습니다. 두 시가 되어 다섯째 시간이 끝나자 아이들이 쏜살같이 강으로 달려가기 시작했습니다. 사타로도 바구니를 소맷자락으로 살짝 가리고 스케와 다른 아이들에게 둘러싸여 강변으로 향했습니다. 사부로는 가스케와 함께 갔습니다. 마을 축제 때 쓰는 가스 냄새가 확 풍기는 자귀나무 강가를 허둥지둥 빠져나와 항상 가는 쥐엄나무 물가에 도착했습니다. 한여름 때처럼 멋진 구름 봉우리가 동쪽에서 뭉게뭉게 피어오르고 쥐엄나무는 파랗게 빛이 나는 듯했습니다.

아이들은 재빨리 옷을 벗고 물가에 섰습니다. 사타로가 이치로의 얼굴을 보면서 말했습니다.

『한 줄로 잘 서봐. 됐어? 물고기가 둥둥 떠내려오면 헤엄쳐 가서 잡는 거다.

잡은 만큼 줄게. 됐지?』

꼬마 아이들은 기뻐서 얼굴이 빨갛게 달아올라 서로 밀면서 모두 물가에 둘러섰습니다.

페_ペ키_キ치와 아이들 서넛은 벌써 쥐엄나무 아래까지 헤엄쳐 가서 기다리고 있었습니다.

사타로는 으쓱거리며 상류 쪽 여울로 가서 소쿠리를 첨벙첨벙 물에 담갔습니다.

아이들은 숨을 죽이고 수면을 바라보았습니다. 사부로만이 물을 보지 않고 건너편 구름 봉우리 위를 날아가는 검은 새를 보고 있었습니다. 이치로는 강변에 앉아 돌을 탁탁 두드리고 있었습니다. 그런데 그 후로 시간이 꽤 지났는데도 물고기는 한 마리도 떠오르지 않았습니다.

사타로는 사뭇 진지한 표정으로 똑바로 서서 물을 지켜보았습니다. 아이들은 발파를 했던 어제 같으면 벌써 열 마리나 잡고도 남았을 거라 생각했습니다. 그리고 아이들은 다시 얼마 동안 잠자코 기다렸습니다. 하지만 물고기는 역시나 한 마리도 떠오르지 않았습니다.

『한 마리도 떠오르지 않잖아.』

고스케가 소리쳤습니다. 사타로는 움찔했지만 여전히 수면 위를 쳐다보고 있었습니다.

『물고기가 하나도 떠오르지 않아.』

페키치가 건너편 나무 밑에서 외쳤습니다. 그러자 아이들은 와글와글 떠들기 시작했습니다. 그리고 결국 모두 물속으로 뛰어들어 버렸습니다.

사타로는 쑥스러운 듯 가만히 웅크리고 앉아 물을 바라보고 있다가, 겨우 일어나서는 『술래잡기하자!』 하고 말했습니다.

『하자, 하자!』

아이들이 아우성을 치더니 가위바위보를 하기 위해 물속에서 손만 내밀었습니다. 헤엄치고 있던 아이들은 서둘러 여울목까지 나와 손을 내밀었습니다. 이치로도 강가로 다가와 손을 내밀었습니다. 이치로는 일단 어제 이상하게 코가 뾰족한 사람이 올라갔던 비탈 아래 파랗고 미끌미끌한 진흙이 있는 곳을 본부로 정했습니다. 본부에 손을 짚고 있으면 술래에게 잡히지 않습니다. 그리고 가위는 내지 말기로 하고, 한 사람이 남을 때까지 가위바위보를 했습니다.

그런데 에쓰지 혼자 가위를 내서 술래가 되었고, 아이들은 전부 와아 하고 소리를 질렀습니다. 에쓰지는 입술이 보랏빛이 된 채 강변을 뛰어다니며 기사쿠(喜作)를 잡아 술래는 둘이 되었습니다. 그리고 남은 아이들은 모래밭과 물웅덩이를 이쪽저쪽으로 오가며, 잡기도 하고 잡히기도 하면서 몇 번이나 술래잡기 놀이를 했습니다.

마지막으로 결국 사부로 한 명만 술래가 되었습니다. 사부로는 얼마 안 가 기치로(吉郞)를 잡았습니다. 아이들은 쥐엄나무 아래서 그 장면을 구경하고 있었습니다.

그러자 사부로가 『기치로, 넌 저 위로 잡으러 가. 알았지?』하고 말하면서 자신은 입을 다문 채 서서 보고 있었습니다.

기치로는 입을 헤 벌리고 손을 펼친 채, 진흙 비탈 위로 쫓아왔습니다.

아이들은 물로 뛰어들 준비를 했고 이치로는 버드나무 위로 올라갔습니다. 바로 그때 기치로 발에 진흙이 달라붙어 아이들이 보는 앞에서 미끄러져 데굴데굴 구르고 말았습니다. 아이들은 와하 하고 웃으며 기치로를 뛰어넘거나, 물에 빠지기도 하며 파란 진흙 비탈 위로 올라가 버렸습니다.

『마타사부로, 얼른 와!』

가스케가 일어서서 입을 크게 벌리고 손을 펼쳐 마타사부로를 놀렸습니다.

그러자 아까보다 더 화가 난 듯, 마타사부로는 『좋아, 잘 봐!』 하면서 심각한 표정으로 풍덩 물로 뛰어들어 그쪽으로 있는 힘껏 헤엄쳐 갔습니다.

사부로는 머리카락도 빨갛고 버석버석한데다 물에 너무 오래 들어가 있었기 때문에 입술도 보랏빛이 되어 아이들은 겁을 먹고 말았습니다.

그런데 그 진흙 언덕이 있는 곳은 너무 좁아서 아이들이 모두 들어가 있을 수 없는데다 비탈이 아주 미끄러워서 밑에 있는 네댓 명은 위에 있는 아이들이 잡아 주어서 겨우 미끄러져 물에 빠지지 않고 버티고 있었습니다. 이치로 홀로 맨 위에서 침착하게 『자, 모두 모여 봐.』하며 회의 같은 것을 하기 시작했습니다. 아이들은 머리를 맞대고 이치로가 하는 말을 듣고 있었습니다. 사부로가 첨벙거리면서 벌써 가까이 다가왔습니다.

아이들은 소곤소곤 이야기를 하고 있었습니다. 그러자 사부로가 갑자기 양손으로 물을 끼얹기 시작했습니다. 아이들은 어쩔 줄을 모르고 물을 막고 있었는데, 점점 진흙이 미끄러워져 조금씩 아래로 밀려 내려가는 것 같았습니다. 그걸 본 사부로는 힘이 났는지 물을 더 세게 끼얹었습니다. 그러자 미끄러진 아이들이 풍덩 하고 한꺼번에 물에 빠졌습니다. 사부로는 아이들을 한쪽으로 몰아 붙잡았습니다. 이치로도 잡혔습니다. 가스케 혼자만 상류 쪽으로 헤엄쳐 도망쳤는데, 사부로가 바로 쫓아가 팔을 붙잡고 빙글빙글 돌렸습니다. 가스케는 물을 먹었는지 꾸르륵 꾸르륵 물을 내뿜었고 숨이 막힌 듯 『나 이제 안 해. 이런 술래잡기는 안 해.』라고 말했습니다. 꼬마 아이들은 모두 자갈밭으로 올라갔습니다. 사부로 혼자 쥐엄나무 아래 섰습니다.

그런데 그때는 이미 하늘 가득 먹구름이 끼어서 버드나무는 이상하리만치 뿌옇게 보이고, 산 위 풀밭도 순식간에 어두워져서 뭐라 말할 수 없이 무서운 풍경으로 변해 갔습니다.

그러는 사이, 갑자기 산턱 들판 근처에서 우르릉 꽝 천둥이 쳤고, 곧이어 마치 산사태 같은 소리가 나더니 소나기가 내리기 시작했습니다. 바람까지 쌩쌩 불어왔습니다. 자갈밭 바위에 커다란 빗방울 자국이 많이 생겨 물인지 바위인지 모를 정도였습니다. 아이들은 강변에 벗어 둔 옷을 가슴팍에 품고 자귀나무 아래로 도망쳐 들어갔습니다. 그러자 사부로도 왠지 처음으로 무서운 마음이 들었는지 쥐엄나무 아래에서 풍덩 물로 뛰어들어 아이들이 있는 강가로 헤엄쳐 왔습니다.

그러자 누군가 이렇게 중얼거리는 아이가 있었습니다.

『비가 주룩주룩 비의 사부로, 바람이 휘잉휘잉 바람의 마타사부로.』

다른 아이들도 곧 입을 맞춰 중얼거렸습니다.

『비가 주룩주룩 비의 사부로, 바람이 휘잉휘잉 바람의 마타사부로.』

그러자 사부로는 뭔가가 발을 끌어당긴 것처럼 당황하여 물에서 뛰쳐나와 모두가 있는 곳으로 후다닥 달려와서는 덜덜 떨면서 『지금 너희들이 말한 거니?』하고 물었습니다.

『아니, 안 그랬는데!』

아이들은 함께 외쳤습니다. 페키치가 또 나서서 『아니, 안 그랬는데!』하고 말했습니다. 사부로는 기분이 상한 듯, 강을 바라보면서 보랏빛으로 물든 입술을 꼭 깨물고 『뭐야?』하고 퉁명스럽게 말했지만, 역시 몸이 부들부들 떨리고 있었습니다.

그리고 아이들은 비가 갤 때까지 기다렸다가 각자의 집으로 돌아갔습니다.

9월 12일

휭 휘잉 휘이이잉

달큼한 석류도 날려 버려라

시큼한 모과도 날려 버려라

횡 휘잉 휘이잉 휘이이잉

전에 사부로가 부른 적이 있는 그 노래를 이치로는 꿈속에서 다시 들었습니다. 깜짝 놀라 벌떡 일어나니 밖에는 정말로 세찬 바람이 불어 마치 숲이 울부짖는 것 같았습니다. 새벽녘 가까운 검푸른 여명이 장지문에도, 선반 위 등잔 통에도,

온 집 안을 가득 채웠습니다. 이치로가 허리띠를 매자마자 신발을 신고 마당으로 내려와 마구간 앞을 지나 쪽문을 열었더니, 바람이 차가운 빗방울을 몰고 불어 들어왔습니다.

마구간 뒤쪽에서 무슨 문짝 같은 게 쿵 하고 넘어져서 말이 히힝 하고 콧김을 뿜었습니다.

이치로는 차가운 바람이 가슴속까지 파고들어 오는 것 같아 후우 하고 세차게 숨을 뱉었습니다. 그리고 바깥으로 뛰어나갔습니다. 밖은 벌써 환했고 흙은 젖어 있었습니다. 집 앞에 줄을 지어 늘어선 밤나무는 그날따라 새파랗게 보였는데, 마치 바람과 비로 잎을 씻어내는 것처럼 가지를 세차게 흔들고 있었습니다. 푸른 잎사귀 몇 장이 바람에 날아가고, 초록 밤송이는 검붉은 당바닥에 수도 없이 떨어져 있었습니다. 하늘에는 구름이 잿빛으로 빛나며 조금씩 북쪽으로 흘러가고 있었습니다. 멀리 보이는 숲에서는 마치 거친 바다의 파도처럼 철썩철썩 소리가 났고 횡하는 바람 소리가 들리기도 했습니다. 이치로는 얼굴에 차가운 빗방울을 흠뻑 맞고, 바람이 옷을 빼앗아 가려 하는데도 말없이 바람 소리에 귀를 기울이며 가만히 하늘을 올려다보았습니다.

이치로의 가슴에도 철썩철썩 파도가 치는 것 같았습니다. 울부짖으며 어디론가 달려가는 바람 소리를 듣고 있자니 가슴이 콩닥콩닥 뛰는 것이었습니다. 어제까지 언덕과 들판과 하늘 저편에서 투명하고 고요하게 잠자고 있던 바람이 오늘 새벽녘부터 갑자기 이렇게 불기 시작해서 점점 타스카롤라 해구 북쪽 끝을 향해 달려간다고 생각하니, 이치로는 얼굴이 벌써 달아오르고 숨도 가빠졌고, 자기도 함께 하늘을 날아가는 기분이 들어 가슴을 활짝 펴고 숨을 후우 하고 내뿜었습니다.

『이야, 바람이 세구나. 오늘 담배랑 밤은 완전히 글렀는 걸.』

이치로의 할아버지가 쪽문 근처에 서서 물끄러미 하늘을 보고 있었습니다. 이치로는 우물에서 양동이 가득 물을 퍼 올리더니 서둘러 부엌을 속속 닦았습니다. 그러고 나서 세숫대야를 꺼내 어푸어푸 얼굴을 씻더니 찬장에서 식은 밥과 된장을 내어 정신없이 서걱서걱 먹기 시작했습니다.

『이치로, 된장국 금방 되니까 조금만 기다리렴. 왜 오늘따라 그렇게 일찍 학교에 가려고 그러니?』

어머니는 말에게 줄 ( )을 쑤는 아궁이에 나무를 넣으면서 물었습니다.

『그게, 마타사부로가 날아갔을지도 모르거든.』

『마타사부로라니, 그게 뭐니? 아기 새니?』

『아니, 그냥 마타사부로라고, 그런 녀석이 있어.』

이치로는 다급히 밥그릇을 비운 후 달그락달그락 그릇을 씻고는 부엌 벽에 쳐놓은 못에 걸린 기름종이 우비를 입고 신발을 손에 든 채 맨발로 가스케를 부르러 갔습니다. 가스케는 이제 막 일어나, 『금방 밥 먹고 나갈게.』하고 말했습니다. 이치로는 잠시 마구간 앞에서 기다렸습니다.

잠시 후 가스케가 작은 도롱이를 입고 나왔습니다.

세찬 바람과 비를 흠뻑 맞으면서 둘은 겨우 학교에 도착했습니다. 교실 문으로 들어서니 교실은 아직 조용했지만, 창문 틈으로 비가 들이쳐 마룻바닥 군데군데 번질번질 물이 고여 있었습니다. 이치로는 잠깐 교실 안을 둘러보더니 『가스케, 우리 둘이 빗물 닦자.』 하고는 종려나무 빗자루를 들고 와 빗물을 창문 아래 난 구멍으로 열심히 쓸어 냈습니다.

그러자 벌써 누가 왔나 하고 안에서 선생님이 나왔는데, 이상하게도 선생님은 항상 입던 홑겹 잠옷을 입고 빨간 부채를 들고 있었습니다.

『아주 일찍 왔구나. 둘이서 교실 청소를 하고 있었니?』

선생님이 물었습니다.

『선생님, 안녕하세요.』

이치로가 인사를 했습니다.

『선생님, 안녕하세요.』

가스케는 인사를 하자마자 『선생님, 마타사부로는 오늘 학교에 오나요?』 하고 물었습니다.

선생님은 잠깐 생각하는 것 같더니 『마타사부로? 사부로 말이니? 그게, 사부로는 벌써 어제 다른 곳으로 이사를 갔단다. 일요일이라서 너희들에게 인사도 못 했지 뭐니.』

『선생님, 날아서 갔나요?』

가스케가 물었습니다.

『아니, 아버님 회사에서 전보가 와서 급히 가셨단다. 아버님은 나중에 이쪽으로 다시 오실 거라고 했지만, 사부로는 아마 그쪽 학교에 다니겠지. 어머님도 거기 계시니까.』

『회사에서 왜 부른 건가요?』

이치로가 물었습니다.

『여기 몰리브덴 광맥은 당분간 손을 대지 않기로 했다는구나.』

『그런 거였어. 역시 그 녀석, 바람의 마타사부로였어.』

가스케가 소리쳤습니다.

그때 숙직실 쪽에서 달그락거리는 소리가 났습니다. 선생님은 빨간 부채를 들고 황급히 그쪽으로 갔습니다.

이치로와 가스케는 잠시 말을 잊은 채, 서로 무슨 생각을 하는지 알겠다는 듯 얼굴만 마주보고 서 있을 뿐입니다.

바람은 아직 멎지 않았습니다. 빗방울이 맺혀 흐려진 유리창이 또 덜컹덜컹 울리기 시작했습니다.

(끝)

주문이 많은 요리점

주문이 많은 요리점

어느 날 젊은 신사 둘이 머리부터 발끝까지 영국 병정 모습을 하고 번쩍번쩍 빛나는 총을 둘러메고, 북극곰 같은 개를 두 마리와 함께 아주 깊은 산 속 나뭇잎이 바스락거리는 곳을 이런 이야기를 하면서 걷고 있었습니다.

『도대체 이 근처 산은 글러먹었다니까. 새고 짐승이고 한 마리도 없으니. 뭐든 상관없으니까 빨리 탕, 타앙, 쏴 보고 싶구먼.』

『사슴의 노란 옆구리 같은 데다 두세 발 갈겨주면 무진장 통쾌할 텐데. 비틀비틀하다가 털썩 쓰러지겠지.』

꽤나 깊은 산 속이었습니다. 길을 안내해 준 전문 사냥꾼도 조금 헷갈려하다가 어디론가 사라져 버렸을 정도로 깊은 산 속이었습니다.

게다가 산이 너무 으스스해서 그 북극곰 같은 개 두 마리가 모두 어지럼증을 일으켜 잠시 으르렁대다가 거품을 물고 쓰러지고 말았습니다.

『정말로 나는 이천사백 엔을 손해 봤어』 하고 한 신사가 그 개의 눈꺼풀을 살짝 뒤집어 보며 말했습니다.

『난 이천팔백 엔 손해야』 하고 다른 신사가 분한 듯 고개를 숙이고 말했습니다.

처음 말을 꺼냈던 신사는 조금 얼굴을 찌푸리며 물끄러미 다른 신사의 얼굴을 쳐다보면서 말했습니다.

『나는 그만 돌아가려네』

『그래, 나도. 마침 춥기도 하고 배도 고프고 하니까. 돌아가세』

『그럼, 이걸로 끝내지. 아니, 돌아가는 길에 어제 묵었던 산장에서 산새를 십 엔어치쯤 사 가면 돼』

『토끼도 있던데. 그렇게 하면 결국 이래저래 마찬가지지. 그럼 돌아가세.』

하지만 정작 난처한 일은 어느 쪽으로 가야 하는지 도대체가 짐작이 가지 않는 것이었습니다.

바람이 쌩 하고 불어오고 풀은 쏴아쏴아, 나뭇잎은 바스락바스락, 나무는 덜거덕덜거덕 소리를 냈습니다.

『배가 너무 고픈데. 아까부터 옆구리가 아파 죽겠어.』

『나도 그래. 이제 더는 못 걷겠어.』

『아 걷기 싫다. 이런, 곤란한데. 뭔가 먹고 싶어.』

『그래. 먹고 싶군.』

두 신사는 쏴아쏴아 소리를 내는 억새밭 속에서 이런저런 말을 했습니다.

그때 문득 뒤를 보니 멋진 서양식 집이 한 채 있었습니다.

그리고 현관에는 이런 푯말이 서 있었습니다.

RESTAURANT

서양 요리점

WILDCAT HOUSE

삵괭이 집

『여보게, 마침 잘됐어. 여기는 그럭저럭 문을 열었군. 들어가지 않겠나?』
『어라, 이런 곳에…… 이상한데? 하지만 어쨌든 뭔가 먹을 수는 있겠지.』
『물론 먹을 수 있지. 간판에 저렇게 쓰여 있지 않은가.』
『들어가세. 이제 난 뭔가 먹고 싶어서 쓰러질 지경이야.』

두 사람은 현관 앞에 섰습니다. 하얀 도자기 벽돌로 쌓은 현관이 참으로 멋졌습니다. 그리고 유리로 된 여닫이문이 있었는데, 거기에 금색 글씨로 이렇게 쓰여 있었습니다.

「누구든지 들어오십시오. 절대 사양하지 않겠습니다.」

그래서 두 사람은 매우 기뻐하며 말했습니다.

「이게 어떻게 된 일이지? 역시 세상은 잘 돌아가고 있군. 하루 종일 고생은 했지만 이번에는 이런 좋은 일도 다 있으니. 이 집은 요리점이지만 공짜로 대접한다는 거잖아.」

「그런 것 같아. 「절대 사양하지 않겠습니다」라는 말이 아무래도 그런 뜻 같아.」

두 사람은 문을 밀고 안으로 들어갔습니다. 그러자 바로 복도가 나왔습니다. 그리고 유리문 뒤쪽에는 금색 글씨로 이렇게 쓰여 있었습니다.

「특히 뚱뚱한 분이나 젊은 분은 대환영입니다.」

두 사람은 「대환영」이라는 글씨를 보고 크게 기뻐했습니다.

『이봐, 우리는 「대환영」에 해당되는 거야.』

『우리는 양쪽 모두니까.』

성큼성큼 복도를 걸어가니 이번에는 파란색 페인트를 칠한 문이 있었습니다.

『왠지 이상한 집이야. 어째서 이렇게 문이 많은 걸까?』

『러시아식이군. 추운 지방이나 산 속은 모두 이렇지.』

그리고 두 사람이 문을 열려고 했을 때, 그 위에 노란 글씨로 이렇게 쓰여 있는 것이 보였습니다.

「여기는 주문이 많은 요리점이므로 그 점 부디 양해 바랍니다.」

『꽤 인기가 있는 거야. 이런 산속에서도.』

『그건 그래. 도시에도 큰길가에는 훌륭한 음식점이 별로 없잖아.』

두 사람은 이렇게 말하면서 문을 열었습니다. 그러자 그 뒤쪽에 또 글씨가 있었습니다.

「주문이 상당히 많겠지만 참아 주십시오.」

『이건 또 무슨 소리야!』 한 신사는 얼굴을 찡그렸습니다.

『음, 이건 분명 주문이 너무 많아서 준비하는 데 시간이 조금 걸리더라도 양해해 달라, 이런 뜻일 거야.』

『그렇겠지. 빨리 어디 방에 들어가 앉고 싶구먼.』

『나는 테이블 위에 앉고 싶구먼.』

그런데 참으로 성가시게도 문이 또 하나 있었습니다. 그리고 그 옆에는 거울이 하나 걸려 있고, 그 아래 긴 손잡이가 달린 빗이 놓여 있었습니다. 문에는 빨간 글씨로 이렇게 쓰여 있었습니다.

「손님 여러분, 여기에서 머리를 깔끔하게 빗고, 신발에 묻은 진흙을 털어 주십시오.」

『이건 아주 당연해. 실은 아까 현관에서 산 속 요리점이라고 얕잡아 봤거든.』

『예절이 엄격한 집이군. 분명 아주 훌륭한 사람들이 자주 오는 거야.』

그래서 두 사람은 깔끔하게 머리를 빗고 신발에 묻은 진흙을 털었습니다.

그러자 이게 어찌된 일입니까. 빗을 탁자 위에 놓자마자 뿌옇게 흐려지며 사라지고, 방 안으로 바람이 쉬익 들어왔습니다.

둘은 깜짝 놀라 서로 바짝 붙어 문을 벌컥 열고 다음 방으로 들어갔습니다. 빨리 뭔가 따뜻한 것이라도 먹고 기운을 차리지 않으면, 터무니없는 일을 당하고 말 거라고 둘 다 생각했기 때문입니다.

문 안쪽에 또 이상한 말이 쓰여 있었습니다.

「총과 총알을 여기에 놓아두십시오.」

잘 보니 바로 옆에 검은 탁자가 있었습니다.

『과연! 총을 메고 음식을 먹는 건 예의가 아니지.』

『음, 꽤나 대단한 사람들이 와 있는 거야.』

두 사람은 총과 허리띠를 끌러 탁자 위에 놓았습니다.

또 검은 문이 있었습니다.

「모자와 외투와 신발을 벗어 주십시오.」

『어때, 벗을까?』

『별수 없군, 벗지. 분명 어지간히 높은 사람인 거야, 안에 있는 사람은.』

두 사람은 모자와 코트를 못에 걸고, 신을 벗고 처덕처덕 걸어서 문 안으로 들어갔습니다. 그 문 안쪽에는 이렇게 쓰여 있었습니다.

「넥타이핀, 커프스 단추, 안경, 지갑, 기타 금속류, 특히 뾰족한 물건은 모두 여기에 놓아두십시오.」

문 바로 옆에는 검은 칠을 한 훌륭한 금고가 꼼꼼하게도 문이 열린 채 놓여 있었습니다. 자물쇠까지 딸려 있었습니다.

『하하하, 요리하는 데 전기를 사용하는 것 같군. 쇠붙이는 위험하지. 뾰족한 것은 특히 위험하니까 이렇게 말하는 거겠지.』

『그럴 거야. 그럼 계산은 돌아가는 길에 여기서 하는 건가?』

『아무래도 그런 것 같은데.』

『그래. 틀림없어.』

두 신사는 안경을 벗고 커프스 단추를 풀어서 모두 금고 안에 넣고 철커덕 자물쇠를 채웠습니다.

조금 더 가니 또 문이 있고, 그 앞에 유리 항아리가 하나 있었습니다. 문에는 이렇게 쓰여 있었습니다.

「항아리 안에 든 크림을 얼굴과 손발에 듬뿍 발라 주십시오.」

항아리 안에 들어 있는 것은 우유로 만든 진짜 크림이었습니다.

『크림을 바르라는 건 무슨 이유지?』

『이건 말이야, 밖이 무척 춥잖아. 방 안이 너무 따뜻하면 살갗이 트니까, 그걸 예방하는 거야. 아무래도 안에는 정말 훌륭한 사람이 와 있는 게 분명해. 이런데서 생각지 못하게 귀족과 친해지게 될 수도 있겠는 걸.』

두 사람은 항아리에 든 크림을 얼굴에 바르고 손에 바른 다음, 양말을 벗고 발에도 발랐습니다. 그래도 크림이 아직 남아서 두 사람은 서로 몰래 얼굴에 바르는 척 하면서 먹었습니다.

그러고 나서 부랴부랴 문을 열자 그 뒤쪽에는 이렇게 쓰여 있었습니다.

「크림을 잘 바르셨습니까? 귀에도 잘 바르셨습니까?」

역시 작은 크림 항아리가 여기에도 놓여 있었습니다.

『그래그래, 나는 귀에는 바르지 않았어. 하마터면 귀가 틀뻔했군. 여기 주인은 정말 세심한 사람 같아.』

『그래. 작은 일까지 신경을 잘 쓰는군. 그런데 나는 빨리 뭐라도 먹고 싶은데, 이렇게 끝없이 복도만 나오면 아무래도 참기 힘들어.』

그러자 바로 그 앞에 다음 문이 나타났습니다.

「요리는 이제 곧 됩니다.
십오 분만 기다려 주십시오.
곧 드실 수 있습니다.
어서 병에 든 향수를 귀하의 머리에 잘 뿌려 주십시오.」

문 앞에는 금빛으로 번쩍이는 향수병이 놓여 있었습니다.

두 사람은 그 향수를 머리에 찰박찰박 뿌렸습니다.

하지만 그 향수는 어쩐지 식초 같은 냄새가 났습니다.

『이 향수는 이상하게 식초 냄새가 나. 어떻게 된 거지?』

『실수한 거야. 종업원이 감기라도 걸려 정신이 없었던 거겠지.』

두 사람은 문을 열고 안으로 들어갔습니다.

문 뒤쪽에는 커다란 글씨로 이렇게 쓰여 있었습니다.

「여러 가지 주문이 많아 번거로우셨지요? 죄송합니다.

이제 마지막입니다. 항아리 안에 있는 소금으로

온몸을 잘 문질러 주십시오.」

과연 멋진 파란 도자기로 된 소금 항아리가 놓여 있었지만, 이번만큼은 두 사람 모두 흠칫하며 크림을 잔뜩 바른 얼굴을 서로 쳐다보았습니다.

『아무래도 이상해.』

『나도 이상한 것 같은데.』

『주문이 많다는 게, 저쪽에서 우리한테 주문을 하고 있잖아.』

『그러니까, 이 서양 요리점은, 내 생각엔, 온 사람에게 서양 요리를 해주는 집이 아니라, 온 사람을 서양 요리로 만들어 잡아먹는 집이다, 이런 말인데. 그 말은, 그게, 즈, 즉, 우, 우리가…….』 와들와들, 와들와들, 떨려서 더 이상 말이 나오지 않았습니다.

『저기, 우, 우리들이…… 우와아!』 부들부들, 부들부들 떨려서 더 이상 말을 할 수 없었습니다.

『도, 도망…….』 덜덜 떨면서 한 신사가 뒷문을 밀려고 했지만, 이게 어찌된 일입니까? 문은 이제 꿈쩍도 하지 않습니다.

안쪽에는 아직 문 하나가 더 있었는데 커다란 열쇠구멍이 두 개 뚫려 있었고 은색 포크와 나이프 모양이 조각되어 있었습니다. 문에는 이렇게 쓰여 있었습니다.

「정말 수고 많으셨습니다.
매우 만족스럽습니다.
자, 안으로 들어오십시오.」

게다가 열쇠구멍으로 두리번두리번 파란 눈알 두 개가 이쪽을 들여다보고 있었습니다.

『우와아!』 와들와들, 와들와들.
『우와아!』 부들부들, 부들부들.

두 신사는 울기 시작했습니다.

그러자 문 안쪽에서 소곤소곤 이런 소리가 들려왔습니다.

『안 되겠어. 벌써 눈치 챘어. 소금을 문지르지 않을 것 같은데.』

『당연하지. 두목은 글 솜씨가 형편없거든. 저쪽에 「여러 가지 주문이 많아 번거로우셨지요. 죄송합니다」라는 둥 얼빠진 말을 써 놓았잖아.』

『좌우지간 상관없어. 어차피 우리한테는 뼈다귀 하나 나눠 주지 않잖아.』

『그건 그래. 그렇지만 만약 이쪽으로 저 녀석들이 들어오지 않으면 그건 우리들 책임이야.』

『부를까? 부르자. 어이, 손님들. 어서 오세요. 오세요. 오세요. 접시도 씻어 놓았고 푸성귀도 벌써 소금에 잘 절여 놓았습니다. 남은 건 여러분과 푸성귀를 잘 섞어 새하얀 접시 위에 올려놓는 일뿐입니다. 어서 오세요.』

『헤이, 오세요, 오세요. 혹시 샐러드 싫어하시나요? 그러면 지금부터 불을 피워 튀김으로 만들어 드릴까요? 어쨌든 어서 오세요.』

두 사람은 큰 충격을 받아 얼굴이 마치 꾸깃꾸깃한 종잇조각처럼 된 채 서로 얼굴을 마주보고 부들부들 떨며 소리도 못 내고 울었습니다.

안에서는 후후후 웃는 소리와 함께 이렇게 말하는 소리가 들렸습니다.

『오세요, 오세요. 그렇게 울면 애써 바른 크림이 흘러내리잖아요. 헤이, 이제 다 되어 갑니다. 자, 어서 오세요.』

『어서 오세요. 두목이 벌써 냅킨을 두르고 나이프를 들고 입맛을 다시며 손님들을 기다리고 계십니다.』

두 사람은 울고, 울고, 울고, 울었습니다.

그때 뒤에서 갑자기 『멍멍, 으르렁.』 하는 소리가 나더니 그 북극곰 같은 개 두 마리가 문을 밀어 넘어뜨리고 방 안으로 뛰어 들어왔습니다. 그러자 열쇠구멍 속 눈알은 홀연히 사라졌습니다. 개들은 으르렁거리며 잠시 방 안을 홱홱 돌아다니다가 다시 한 번 『멍!』 하고 크게 짖더니 갑자기 다음 문으로 뛰어들었습니다. 문은 쿵 하고 열렸고, 개들은 빨려들 듯 문으로 뛰어들었습니다.

그 문 저쪽 시커먼 어둠 속에서 『야옹! 으르렁! 크르렁!』 하는 소리가 나더니 바스락거리는 소리가 작게 났습니다. 그러자 방은 연기처럼 사라지고 두 사람은 추위에 바들바들 떨며 수풀 속에 서 있었습니다.

주위를 둘러보니, 코트와 신발은 저쪽 가지에 매달려 있고 지갑과 넥타이핀은 이쪽 나무 밑동에 널려 있었습니다. 바람이 휭 하고 불어오자 풀은 쏴아쏴아, 나뭇잎은 바스락바스락, 나무는 덜거덕덜거덕 하고 소리를 냈습니다.

개가 헐떡거리며 돌아왔습니다.

그리고 뒤에서 『나으리, 나으리.』 하고 외치는 사람이 있었습니다.

두 사람은 갑자기 기운이 나서 『어이, 이봐! 여기야, 빨리 오게!』 하고 외쳤습니다.

도롱이를 걸친 전문 사냥꾼이 수풀을 바스락바스락 가르며 다가왔습니다.

두 신사는 겨우 마음이 놓였습니다.

그리고 사냥꾼이 가져온 떡을 먹고, 도중에 산새를 십엔어치 사서 도시로 돌아왔습니다.

그러나 한번 종잇조각처럼 구겨진 두 사람의 얼굴은 도시에 와도, 목욕을 해도 다시 원래대로 돌아오지 않았습니다.

(끝)

昭和九年十月二十日印刷
昭和九年十月二十五日発行

銀河鉄道の夜
定価九八〇円

著者　宮澤賢治

発行者　金　東　槿
仁川広域市南区九月路

印刷者　現文印刷
京畿道高陽市一山東区

発行所
図書出版
牛橋書房
仁川廣域市南區九月路
四〇番道三―二―一番地

三加棟三〇二号

1934년 초판본 오리지널 디자인
은하철도의 밤 (한국어판)

Copyright © 2024 by Cow & Bridge Publishing Co. all rights reserved
이 책의 저작권 및 출판권은 도서출판 소와다리가 소유하며 무단복제를 금합니다.

1판 8쇄   2024년 8월 15일

지 은 이   미야자와 겐지
옮 긴 이   김동근
발 행 인   김동근
발 행 처   소와다리
주   소   인천광역시 남구 구월로 40번길 6-21번지 3가동 302호
대표전화   0505-719-7787
팩시밀리   0505-719-7788
출판등록   제2011-000015호(2011년 8월 3일)
이 메 일   sowadari@naver.com

※잘못 만들어진 책은 구입하신 서점을 통해 바꾸어드립니다.

ISBN 978-89-98046-53-8 (04830)